दक्षिणेश्वर राय 'रेणु'

दक्षिणेश्वर राय 'रेणु' का जन्म 15 अगस्त, 1972 को औराही हिंगना, अररिया (बिहार) में हुआ। उन्होंने पटना विश्वविद्यालय, पटना से रूरल मैनेजमेंट में स्नातकोत्तर किया है। उनकी कहानियाँ विभिन्न पत्र-पत्रिकाओं में प्रकाशित हो चुकी हैं। लेखन के साथ-साथ वे सामाजिक-राजनीतिक कार्यों में भी सक्रिय हैं। 'रफ़ू वाली साड़ी' उनका पहला कहानी-संग्रह है।

ई-मेल : dpdroy@gmail.com

रफ़ू वाली साड़ी

दक्षिणेश्वर राय 'रेणु'

राजकमल पेपरबैक्स

राजकमल पेपरबैक्स में
पहला संस्करण : 2025

राजकमल पेपरबैक्स : उत्कृष्ट साहित्य के जनसुलभ संस्करण

राजकमल प्रकाशन प्रा. लि.
1-बी, नेताजी सुभाष मार्ग, दरियागंज
नई दिल्ली-110 002
द्वारा प्रकाशित

शाखाएँ : अशोक राजपथ, साइंस कॉलेज के सामने, पटना-800 006
पहली मंजिल, दरबारी बिल्डिंग, महात्मा गांधी मार्ग, प्रयागराज-211 001
1, अनमोल सोराबजी सन्तुक लेन, धोबी तलाव, मरीन लाइंस, मुम्बई-400 002
वेबसाइट : www.rajkamalprakashan.com
ई-मेल : info@rajkamalprakashan.com

विकास कम्प्यूटर एंड प्रिंटर्स
ट्रॉनिका सिटी-201 102
द्वारा मुद्रित

मूल्य : ₹250

RAFU WALI SAREE
Stories by Dakshineshwar Rai 'Renu'

ISBN : 978-93-6086-897-0

मेरे प्रेरणास्त्रोत
पूज्य बाबूजी फणीश्वरनाथ 'रेणु' के
चरणों में

क्रम

भूमिका

साहित्य से लगाव मुझे पारिवारिक विरासत में प्राप्त हुआ। यह जिनकी वजह से हुआ वे थे फणीश्वरनाथ 'रेणु'—दुनिया के महान कथाकार और मेरे बाबूजी। दुर्भाग्य से, पाँच साल की उम्र में ही बाबूजी के गोलोक-गमन के कारण प्रत्यक्ष पितृ-सुख से वंचित हो गया। आपातकाल के दौरान वे पुलिसिया बर्बरता के शिकार हुए। उपचार के दौरान अस्पताल में ही उन्होंने अन्तिम साँस ली। उनका सम्पूर्ण जीवन देश और साहित्य के लिए समर्पित रहा। उनका जीवन और साहित्य मेरे लिए प्रेरणा और मार्गदर्शन का स्रोत रहा है।

मेरा बचपन विषम परिस्थितियों में बीता। फिर भी मातृत्व की छाया में बाबूजी का आशीर्वाद सदैव महसूस करता रहा। बड़े भाइयों और भाभियों का प्रेम और आशीर्वाद बराबर मिलता रहा।

बाबूजी की साहित्यिक विरासत और परिवार की स्नेह-छाया से ही मेरे साहित्य-प्रेम का आधार दृढ़ हुआ। कहानियाँ लिखना मैं कॉलेज में पढ़ाई के दौरान ही शुरू कर चुका था लेकिन लिखने के बाद कागज फाड़कर फेंक देता था। मन-ही-मन डरता था कि जो कुछ लिख रहा हूँ पता नहीं वह किसी लायक है भी या नहीं; वह बाबूजी की प्रतिष्ठा के प्रतिकूल तो नहीं होगा आदि। मित्रवर सुधीर शर्मा ने मेरी रचनाएँ पढ़ीं और मुझे प्रेरित किया कि ये रचनाएँ छपनी चाहिए और पाठकों

के समक्ष जानी चाहिए। इस तरह मेरी पहली कहानी 'माँ' कोलकाता से निकलनेवाली त्रैमासिक पत्रिका 'लहक' में 2018 में प्रकाशित हुई। पाठकों की अनुकूल प्रतिक्रियाओं ने मेरा उत्साह बढ़ाया जिससे मेरा आत्मविश्वास बढ़ा। इसके बाद 'दैनिक भास्कर', 'प्रभात खबर', 'विपुल टुडे' जैसे दैनिक समाचार-पत्रों में मेरी कहानियाँ प्रकाशित हुईं। 'पिता', 'बड़ी मालकिन', 'स्मृति', 'किस्मत का खेल', 'पश्चात्ताप' और 'भला-बुरा' ऐसी ही कहानियाँ हैं। इस प्रकार, वर्षों पूर्व मेरे लेखन की जो यात्रा शुरू हुई थी वह पत्र-पत्रिकाओं से होती हुई इस कहानी-संग्रह के रूप में एक मुकाम पर पहुँची है।

बाबूजी ने अपने उपन्यास 'मैला आँचल' की भूमिका में लिखा है : 'इसमें फूल भी हैं शूल भी; धूल भी है, गुलाब भी; कीचड़ भी है, चन्दन भी; सुन्दरता भी है, कुरूपता भी—मैं किसी से दामन बचाकर निकल नहीं पाया।' अपनी कहानियों के बारे में भी मुझे यही कहना है। इनके किरदार मेरी कल्पना से निकले हैं, लेकिन इन कहानियों में व्यक्त सच हमारे समाज की वास्तविकता है। मुझे विश्वास है कि मानवीय जीवन और भावनाओं के विविध रंग-रूपों को दर्शाने वाला मेरा यह पहला कहानी-संग्रह आपको पसन्द आएगा।

मैं हृदय से कृतज्ञ हूँ राजकमल प्रकाशन के प्रबन्ध निदेशक अशोक महेश्वरी जी का जिन्होंने इस कहानी-संग्रह को प्रकाशित कर मुझे प्रोत्साहित किया। मैं अपनी धर्मपत्नी और परिवार के सभी सदस्यों का आभार व्यक्त करता हूँ जिनके निरन्तर सहयोग के बिना मेरा लेखन सम्भव नहीं होता।

—दक्षिणेश्वर राय 'रेणु'

बड़ी मालकिन

बड़ी मालकिन बहुत गौर से देवना के चेहरे को देखकर कहती हैं, "देबु! क्या बात है? आज गिदवास वाली नून, तेल और बसिया भात के संग पकी हुई सूखी मिर्च खाने को नहीं दी है का।"

देवना जवाब देता है, "नहीं बड़ी मालकिन। ये तो हम गरीबों का नसीब है। सच है कि पानी में डूबा रात का बसिया भात सुबह पानी से निकालकर कच्चा प्याज, नून, तेल और पका हुआ सूखी मिर्च के साथ खाने से जो आनन्द मिलता है, वह बड़े-बड़ों के खाने में कहाँ नसीब होता होगा?" उदासी भरी हँसी हँसते हुए देवना बड़ी मालकिन की तरफ देखता है।

बड़ी मालकिन के घर के पिछवाड़े खेत में काम कर रहे सभी मजदूर खिलखिलाकर हँस पड़ते हैं। तभी देवना खुरपी से मिट्टी झाड़कर बड़ी मालकिन की तरफ आता है और फिर धीरे से बड़ी मालकिन से कहता है, "बड़ी मालकिन, आपसे कुछ कहना चाहता हूँ लेकिन कहने में मुझे डर लग रहा है। आप तो जानती हैं मेरी घरवाली बोकिया को...अब किस्मत में इसे ही झेलना था तो नियति के विपरीत मैं भला क्या कर सकता हूँ? मालकिन भले ही वह साफ-साफ कुछ बोल नहीं पाती है लेकिन उसकी नजरों में अच्छे-बुरे लोगों को पहचानने की क्षमता हमसे भी ज्यादा है। वैसे भी मैं तो पूरे गाँव का सबसे बुड़बक आदमी हूँ। मुझे

अपनी चिन्ता नहीं है। गाँव में आजकल क्या हो रहा है, आप नहीं जानती हैं। बड़ी मालकिन, मैं यहाँ कुछ नहीं कहूँगा, बड़ घरिया आकर आपसे अकेले में बताऊँगा, बस एक कप (पतरस) तेजपत्ता वाली चाय आपके हाथ का मिल जाए तो रात तक मन गम-गम करता है।"

बड़ी मालकिन हँसते हुए बोलती हैं, "ठीक है बोकिया को भी साथ लाना।" फिर उसे शाम को आने को कहती हुई और उठकर आँगन की ओर जाने से पहले सभी काम कर रहे लोगों से कहती हैं, "आधे घंटे बाद सभी लोग घर से स्नान वगैरह करके आँगन के पछवरिया घर के बरामदे में भोजन करने के लिए पहुँच जाएँ।"

इतना सुनते ही कामचोर शंकर की आँखों में रौशनी और मुरझाए चेहरे पर रौनक आ जाती है। वह बगल में काम कर रही कमला को अपने हाथ से कमर के पास (टेवा) स्पर्श करता है तो वह चोटिल नागिन जैसी फुफकार मारती हुई बोलती है, "देख शंकरवा, रिश्ता में चाची हूँ, भौजी नहीं की बेर बेखत तुम मजाक करता रहेगा। तिस पर तेरा हाथ जहाँ-तहाँ...आज के बाद जरा सँभल के हमसे कुछ बोलना और छूने-छाने का इतना ही मन करता है तो टैम पर शादी काहे नहीं किया। अपने से बड़ी उम्र की पत्नी सुशीला को तुमने हमेशा कष्ट ही दिया तभी तो वह भाग गई पराए मर्द के साथ। सुना है परदेस में खूब नाम कमा रही है।" कमला का क्रोध...किन्तु इतना ज्यादा, शंकरवा के प्रति आखिर किसलिए?

कुछ महीने पहले की बात है, कमला रात को अपने फूस के घर में सोई थी कि तभी वो अपने शरीर पर रगड़ महसूस करती है। खिड़की से कोई पतली करची से उसके शरीर पर रगड़ता है। पहले तो वह डर जाती है लेकिन फिर उसे यह समझते देर नहीं लगी कि खिड़की के पास कौन हो सकता है। उसने बिना देर किये अपने सिरहाने के नीचे रखे दबिया को धीरे-धीरे हाथ में लिया और अँधेरे में ही सही निशाना लगा फेंक दिया उसे खिड़की की तरफ...बाहर से आवाज़ आई..."अरे

बाप रे...मर गया।" जब तक वह खिड़की के पास जाती तब तक वह आदमी वहाँ से भाग चुका था। लेकिन कमला समझ गई थी कि कौन था वह। वह मन-ही-मन बड़बड़ाती है हरामी, घरढुकवा, शंकरवा, कल तुझे मजा चखाती हूँ। क्या समझकर मुझे जगाने आया था? कोई हाथ लगाकर तो देखे मुझे, काट दूँगी हाथ भी और उस मरद का अथि भी...!

सुबह शंकरवा मुँह में गमछी लपेटे गाँव में जब घूम रहा था तो खैनी पर ताल ठोंकते अगहनू ने पूछा, "अरे का बात है रे शंकरवा, ई मुँह को गमछी से छिपाकर क्यों...?" शंकरवा जवाब देता है, "रात को मुँह में कोई कीड़ा दबा गया था इसलिए मुँह फूल गया है।" फिर तेजी से वहाँ से निकल जाता है।

जब उसका सामना गोबर लेकर आँगन लीपने आती हुई कमला से होता है तो मानो वह काठ का हो जाता है। शंकरवा हाथ जोड़ते हुए कमला से कहता है, "मुझे माफ कर देना, वो मैं बहक गया था लेकिन आज के बाद फिर कभी ऐसी गलती नहीं करूँगा। देखो तुमने जो दबिया फेंका था उसका मूँठ मेरे मुँह पर लगा और मेरा एक दाँत टूट गया और मुँह भी फूल गया है।"

कमला गुस्से से गोबर की टोकरी नीचे रखकर बोलती है, "रे मुँहझौंसा, जब इतना ही गरमी चढ़ी है तो अपनी जनानी सुशीला को काहे नहीं साध पाया...काहे भाग गई पड़ोस गाँव के अपने से आधे उमर के रामेसर के साथ। सुना है परदेस में रामेसर से उसका एक बच्चा भी है। दारू, गाँजा, भाँग खानेवाला नपुंसक हो जाता है, और तू भी वही है वरना तीन साल तक वह तेरे साथ रही एक औलाद तक नहीं दे सका तू और रात को इधर-उधर मुँह मारे फिरता है। मैं बड़ घरिया जाकर बड़ी मालकिन से तेरी शिकायत करूँगी।"

शंकरवा गिड़गिड़ाने लगता है, फिर उसे अचानक कुछ याद आता है और वह एकदम शान्त हो जाता है और उसकी आँखों में चमक बढ़

जाती है। वह कमला से बोलता है, "ठीक है तुम बड़ी मालकिन से बोल देना। लेकिन उसके बाद मैं भी बड़ी मालकिन के छोटे बेटे सुरेश बाबू के साथ तुम्हारा जो रिश्ता है..."

"अरे हरामखोर!" बीच में ही डाँटते हुए शंकरवा को रोकती है, "क्या रिश्ता है रे...सुरेश बाबू का मेरे साथ, तू कभी समझ भी नहीं पाएगा। वो देवता हैं, आने दे शहर से फिर तुझे कुटवाती हूँ। जा, जाकर बड़ी मालकिन को बता दे।"

शंकरवा समझ चुका था कि उसकी दाल यहाँ नहीं गलनेवाली है। वह एक बार फिर से कमला से माँफी माँगता हुआ वहाँ से खिसक जाता है। कमला का रंग-रूप और गठीला कसा हुआ शरीर उसके यौवन और सौन्दर्य को और भी खूबसूरत बना देता है। गाँव-भर में किसी की औरत इतनी साफ-सुथरी नहीं रहती है और न ही उससे खूबसूरत कोई है, तभी अच्छे-अच्छों का मन बहक जाता है कमला को देखकर।

बड़ी मालकिन इस गाँव की सब कुछ हैं। बगैर वसुन्धरा देवी से बूझे-समझे कोई थाना, कोर्ट, कचहरी तक नहीं जाता। गाँव-भर में किसी को कोई भी इमरजेंसी पड़े तो वसुन्धरा देवी की जीप हमेशा तैयार रहती है, इलाज वगैरह के लिए जाते समय अगर पैसों की दिक्कत हो रही हो तो बिना पूछे हाथ में पकड़ा देती हैं। पारिवारिक या गाँव-घर के अलावे अगल-बगल गाँव के भी झंझट का समाधान वसुन्धरा देवी ही करती हैं। वसुन्धरा देवी हमेशा सबको न्याय दिलवाती हैं। इतना विशाल हृदय व सौम्य व्यक्तित्व और किसी का नहीं है।

आज देवना बड़े मान-मनौव्वल करवाने के बाद बड़ी मालकिन के घर बोकिया को साथ लेकर काम पर आया था। क्या मजाल बड़ी मालकिन के जगह कोई और उसे टस से मस भी कर पाता। बड़ी मालकिन को वह देवी का रूप मानता है। चाहे उसके प्राण भी चले जाएँ लेकिन बड़ी मालकिन की बात वह कभी काट नहीं सकता। सबसे पहले बड़ी मालकिन

ने देवना को पतरस (तेजपत्ता) वाली खुशबूदार चाय पिलाई। चाय का घूँट भरते ही उसके शरीर में मानो ताकत और ताजगी भर गई हो। उसने बड़ी मालकिन से कहा, "जो काम इस गाँव में कोई नहीं करे वह देवना ही करता है। चाहे गाँव में शादी हो या श्राद्ध। जानती हैं मालकिन, जब मैं लोगों के पिछवाड़े लग्घे में कचिया बाँधकर केला का पत्ता काटने जाता हूँ तो लोग मुझसे तरह-तरह के सवाल पूछते हैं—'किसके घर भोज है? किस प्रकार का भोज है? दाल-भात या पूड़ी-बुनिया, मिठाई कितने प्रकार की हैं? सब्जी कौन-कौन-सी चीज की है?' सुनकर मैं हँसकर जवाब देता हूँ—'हमको सिर्फ केला का पत्ता बोला गया है चार बोझा लाने के लिए सो हम अपना काम कर रहे हैं। आपको भोज में बुलाया नहीं गया है क्या?' बड़ी मालकिन सुनकर खिलखिलाकर हँस पड़ती हैं और देवना के सर पर हाथ फेरती हुई बोलती हैं, "कौन कहता है कि तुम बकलोल, बुड़बक हो, तुम पढ़े-लिखे लोगों पर भारी है रे...!"

देवना इधर-उधर देखकर बड़ी मालकिन की ओर देखता है लेकिन उसकी हिम्मत नहीं हो रही है कि वो बड़ी मालकिन से वो सब कुछ कह दे जो एक राज है, जिसे जान लेना बड़ी मालकिन के लिए बेहद जरूरी है। लेकिन फिर वह सोचने लगता है उसके जैसे मूर्ख व बकलोल की बात को बड़ी मालकिन परतियाएँगी क्या? कहीं लेने के देने नहीं पड़ जाएँ। फिर उसने मन-ही-मन तय किया कि चाहे जो हो वह बड़ी मालकिन को सब कुछ बताएगा।

बोकिया को बड़ी मालकिन अपने छोटे बेटे सुरेश के कमरे की साफ-सफाई करने को कहती हैं। बड़ी मालकिन अर्थात वसुन्धरा देवी का बड़ा पुत्र रमेश विदेश में अपनी पत्नी और बच्चे के साथ रहता है। लोग कहते हैं कि वह वहाँ भारतीय दूतावास में काम करता है और तनखाह भी अच्छी है। एक बेटी है जिसका नाम सुगन्धा है जो विदेश में रहकर एम.बी.ए. कर रही है। गाँव में वसुन्धरा देवी बीस-पच्चीस एकड़ में खेती

करवाती हैं। उनके पति सेना में बड़े ऑफिसर थे। जब सुरेश पाँच साल का था तो अम्बाला कैंट से सेना के जवान तिरंगे में लिपटा ताबूत...! उस दिन के बाद किसी ने वसुन्धरा देवी को रोते हुए नहीं देखा। पति शहीद हुए तो घर पर अफसर से लेकर अनजान लोगों तक का काफिला बन्द नहीं हो रहा था। हर कोई वसुन्धरा देवी को उनके दिवंगत पति की वीरता की गाथा सुनाकर उनका मन हल्का करने की कोशिश कर रहा था। लेकिन दुख का पहाड़ जिस पर टूटता है, उस भोगे हुए क्षण और जीवन को केवल वही महसूस कर सकता है।

जिस समय वसुन्धरा देवी बोकिया को अपने छोटे बेटे सुरेश बाबू के कमरे की साफ-सफाई करने को कह रही थीं तो देवना के कान खड़े हो गए। उसके चेहरे पर बैचैनी के भाव आ-जा रहे थे। वह बड़ी मालकिन के पास जाता है तो उसे देख वसुन्धरा देवी पूछती हैं, "क्या बात है देबू, मन ठीक-ठाक है न रे...।"

देवना इधर-उधर देखकर बड़ी मालकिन से मुखातिब होकर कुछ कहना चाहता है। फिर रुक जाता है। फिर मन-ही-मन वह सोचता है चाहे जो हो वह आज सब कुछ बताकर रहेगा।

"सुरेश बाबू कब आ रहे हैं मालकिन?" वह पूछता है।

"दो दिन बाद। लेकिन तुम क्यों पूछ रहे हो?"

"कुछ नहीं बस ऐसे ही पूछ लिया।"

वसुन्धरा देवी ने उसके सिर पर हाथ फेरते हुए कहा, "बोलो देबू, क्या बात है?"

"वो जब आप पिछले साल एक सप्ताह के लिए अपने भाई के घर गई थीं तो उस समय आपने सुरेश बाबू की देखभाल व खाना-पीना बनाने के लिए कमला को कोठी में रहने को कहा था और मेरी पत्नी बोकिया को भी आपने उसके साथ रहने को कहा था।"

वसुन्धरा देवी ने कहा, "हाँ, मैंने दोनों से कहा था और कमला ने

खूब बढ़िया से इस जिम्मेदारी को निभाया भी था। सुरेश बहुत खुश था उसके सेवा-भाव से और कह रहा था मांस-मछली बिलकुल मेरे जैसा बनाती है। बोकिया ने भी घर की साफ-सफाई खूब बढ़िया से किया था।"

"लेकिन मालकिन सुरेश बाबू...?"

"क्या सुरेश बाबू आगे भी तो बोल," बड़ी मालकिन ने हँसते हुए कहा।

देवना बोला, "मालकिन, आप बुरा नहीं मानिएगा। सुरेश बाबू का कमला से लाट है।"

सुनते ही वसुन्धरा देवी देवना पर क्रोधित होते हुए बोलीं, "तू होश में तो है रे पगला?"

"मैं जानता था आप नहीं परतियाएँगी इसलिए मैं कुछ नहीं बताना चाहता था। बड़ी मालकिन, बोकिया उन दिनों देर रात तक घर आ जाती थी लेकिन कमला...कहने को तो अलग कमरे में सोती थी लेकिन असल में वो सुरेश बाबू के साथ उनके कमरे में सोती थी और भोर होने से पहले अपने घर आ जाती थी। और तो और पिछली बार जब सुरेश बाबू आए थे तो मैंने सुरेश बाबू को एक रात कमला के घर जाते हुए खुद देखा था। और हाँ, जब बात खुल ही गई है तो एक बात और, आखिर क्या वजह है कि कमला आपके यहाँ छोड़कर कहीं काम नहीं करती। हाट-बाजार के लिए भी कमला जब जाती है तो गमकौआ तेल और इश्नो पाउडर लगाकर जाती है। जिधर से गुजरती है उधर गमगम करता है। मालकिन उसका मरद हमेशा बाहर परदेस में रहता है लेकिन उड़ती खबर ये है कि वो पेट से है...?"

इतना सुनते ही वसुन्धरा देवी अनजाने भय से काँप उठीं। लोग उन्हें न्याय की प्रतिमूर्ति समझते हैं, देवी का दर्जा देते हैं, तो क्या कमला के गर्भ में पलनेवाला बच्चा सुरेश का...?

अगले दिन वसुन्धरा देवी जीप से अपने बेटे सुरेश को लेने स्टेशन

के लिए निकलती हैं तो रास्ते में गठरी लेकर पैदल जाती कमला पर उनकी नजर पड़ती है। वह ड्राइवर को गाड़ी रोकने को कहकर आवाज लगाती हैं, "कमला, कहाँ जा रही हो?"

बड़ी मालकिन को देख कमला दोनों हाथ जोड़कर प्रणाम करती है, बोलती है कि "टीशन (स्टेशन) जा रही हूँ। नैहर से भाई-भौजाई का बुलावा आया है।"

वसुन्धरा देवी बोलीं, "चल बैठ, मैं भी स्टेशन जा रही हूँ, आज सुरेश आ रहा है।" इतना सुनते ही कमला का चेहरा खिल उठता है। किन्तु मन को उदास बनाते हुए वह कहती है, "मालकिन, आप जाइए। मैं पैदल ही..." वसुन्धरा देवी ने फिर से कहा, "चलो बैठो जीप में।" कमला सकपकाकर सीट पर बैठ जाती है।

"आज सुरेश आ रहा है तो उसका मनपसन्द सींघी मछली बनाकर उसे कौन देगा? तुम एक सप्ताह के बाद चली जाना। सुरेश शहर जाने से पहले तुम्हें नैहर छोड़ देगा।" चूँकि गाड़ी आने में अभी वक्त था सो वसुन्धरा देवी ने ड्राइवर से कहा, "सुनो महतो, तुम जरा गाड़ी साइड करके उधर जाकर बैठ जाओ। थोड़ी देर में चलते हैं।"

फिर उन्होंने कमला से पूछा, "तुम्हारा चेहरा उदास क्यों है? सुरेश के आनेवाली बात सुनकर तुम्हें खुशी नहीं हुई। पिछली बार जब मैं सुरेश को तुम्हारे भरोसे छोड़कर अपने मायके भगवानपुर गई थी तो क्या उसने तेरे साथ कोई बुरा बर्ताव किया था?"

"अरे नहीं मालकिन! वो बहुत अच्छे आदमी हैं, आज के जमाने में ऐसे लोग होते कहाँ हैं? दिन में दीया लेकर खोजने से भी सुरेश बाबू जैसा इनसान मिलना तो दूर, कहीं दिखेगा भी नहीं...बड़ी मालकिन सुरेश बाबू तो देवता हैं और मैं मन-ही-मन उनकी पूजा करती हूँ। अगर उस रात सुरेश बाबू नहीं होते तो आज शायद मैं जिन्दा नहीं होती, कब का मर गई होती।

उस रात मुझे तेज बुखार और शरीर में कम्पन था, ऊपर से मन बेचैन था। सुरेश बाबू ने जब मेरे शरीर को छुआ तो वे अवाक् रह गए। उन्होंने एक कैप्सूल और टेबलेट अपनी अलमारी से निकालकर मुझे अपने हाथों से खिलाई। आधे घंटे के भीतर मेरा शरीर बिलकुल बर्फ जैसा ठंडा पड़ गया और मैं काँपने लगी। मेरा पूरा शरीर और दिमाग सुन्न पड़ गया था। इससे पहले मैं कुछ समझ पाती सुरेश बाबू ने अपने शरीर से बिलकुल चादर की तरह से मेरे शरीर को मानो ढक दिया। मुझे साँस लेने में भी कठिनाई हो रही थी। इसलिए उन्होंने अपना मुँह मेरे मुँह में डालकर फूँकना शुरू किया और लगभग बीस मिनट तक वे ऐसा करते रहे, तब मेरी जान में जान आई। मैं सुरेश बाबू की बाँहों में बेसुध पड़ी थी। वे कभी मेरी गर्दन को हल्का-हल्का दबाते तो कभी मेरे बालों में बड़े प्यार से उँगली फेरते। इतना प्यार, स्नेह मैंने जीवन में पहली बार महसूस किया था। बेहोशी की हालत में पता नहीं कब मेरी आँख लग गई। सच बताऊँ बड़ी मालकिन, मैं मन-ही-मन काफी खुश थी।

लेकिन सुबह जब वे मुझे जगाते हुए बोले, 'मुझे माफ करना कमला।' मैं सिहर गई। उस रात के बाद मैं दूसरी रात को कोठी पर नहीं गई। सुरेश बाबू किसी काम से बाजार गए हुए थे तो दिन में ही उनका खाना-पीना तैयार करके मैं अपने घर चली आई थी। रात को अचानक किवाड़ की कुंडी बजी तो मैं डर गई, मुझे लगा ऊ घरदुकवा शंकरवा होगा। मैं किवाड़ तक पहुँची भी नहीं थी कि इत्र की खुशबू अन्दर तक फैल गई। मैं समझ गई कि सुरेश बाबू हैं। जैसे ही मैंने किवाड़ खोला सुरेश बाबू भारी-भरकम थैला मेरी ओर बढ़ाते हुए कहे, इसमें दो जोड़ी साड़ी, बिन्दी, तेल, साबुन, और हाँ ब्लाउज के नीचे पहननेवाला भी है। मैं शर्म के मारे मरी जा रही थी और मुझे डर भी काफी लग रहा था कि इतनी रात में अगर कोई सुरेश बाबू को मेरे घर से जाते हुए देखेगा तो लोग न जाने कहाँ-कहाँ क्या सब बोलेगा। फिर सुरेश बाबू ने कहा,

'कमला, मुझे अन्दर आने को नहीं कहोगी।' मैं उनका हाथ पकड़कर अन्दर ले आई और फिर अपने बिछावन पर बैठने को कहा।

सुरेश बाबू मेरी हथेली को अपने हाथ में लेकर सहलाने लगे। फिर उन्होंने मेरी आँखों में आँखें डालकर कहा, 'कमला मैं मन-ही-मन तुमसे प्रेम करने लगा हूँ। मैं जात-पाँत, अमीर-गरीब कुछ नहीं मानता। जाति केवल एक होती है, वह है इनसानियत। पता नहीं कब तुम मेरे दिल में घर कर गईं।' कमरे में हल्की रौशनी थी, फिर भी सुरेश बाबू की आँख की सच्चाई मुझसे छिप न सकी। मैंने उन्हें जाने से रोकने के लिए अपनी ओर खींचा तो वे छोटे बच्चे की तरह मुझसे लिपट गए। मैंने उन्हें अपने सीने से चिपका लिया और हम दोनों कुछ पल के लिए होशहवास खो बैठे थे। कुछ देर बाद जाने के लिए कपड़े पहनते हुए सुरेश बाबू ने मुझसे कहा, 'बच्चा होगा तो होने दो, मैं सब सँभाल लूँगा।'

'सो तो ठीक है पर बड़ी मालकिन यह सब बरदास्त कर पाएँगी।' मेरे ऐसा कहने पर उन्होंने मुझसे कहा, 'उसकी चिन्ता तुम मत करो। मैं अपनी माँ को जानता हूँ, अपनी माँ का लाड़ला हूँ मैं। मैं तुमसे बेहद प्यार करने लगा हूँ, हमने कोई पाप नहीं किया है। उस रात तुम्हारे ठंडे पड़े शरीर को अगर मैं गरम नहीं करता तो तुम्हारा जीवन संकट में आ सकता था। निमोनिया हो सकता था या फिर लकवा मार सकता था तुम्हें। अगर मैं सही समय पर तुम्हारी काँपती आवाज सुनकर तुम्हारे कमरे में नहीं आता तो क्या हो सकता था, इसका अन्दाजा भी है तुमको! रही बात मेरी और तुम्हारी तो साफ-साफ सुन लो, अमीर-गरीब के बीच की खाई से मुझे कुछ लेना-देना नहीं है। मैं तुम्हें पसन्द करता हूँ और तुमसे शादी करूँगा। तुम्हारे पति से भी मैंने शहर जाकर बात कर ली है। उसने मुझे बताया कि तुम पूरी तरह से पवित्र हो।

अब अहम बात यह है कि मैंने उसे अपनी पहचान वाले के यहाँ फैक्टरी में रखवा दिया है और तनख्वाह भी दोगुनी; सो वह कह रहा था

कि अब घर जाकर क्या करूँगा। आपके साथ कमला जीवन-भर खुश रहेगी और उसने कहा कि सच तो ये है कि मैं उसके लायक ही नहीं था इसलिए मैंने कभी उसे हाथ तक नहीं लगाया। उसके माता-पिता ने मजबूरी में उसकी शादी मेरे साथ कर दी थी। जानती हो जब मैंने उसे 2 एकड़ जमीन देने की बात की तो उसने क्या कहा। उसने कहा कि सुरेश बाबू आप जैसे लोगों का मेरे सर पर हाथ है इससे बढ़कर मुझे और क्या चाहिए, मैं बाकी जीवन भी यहीं शहर में रहकर जी लूँगा।"

यह सब सुनते हुए वसुन्धरा देवी को गाँव में बकलोल समझे जानेवाले देबू व उसकी पत्नी बोकिया का एक-एक शब्द याद आ रहा था। दूसरी ओर उन्हें समाज व लोक-लाज की चिन्ता थी। लेकिन वह मन-ही-मन सब कुछ तय कर लेती हैं। अब उन्हें समझ में आ रहा था कि कमला किसी के खेत पर काम क्यों नहीं करती थी। अचानक ट्रेन की याद आई तो झट से उन्होंने ड्राइवर को आवाज दी और चल पड़ीं स्टेशन की तरफ। जैसे ही वसुन्धरा देवी स्टेशन पहुँचीं, गाड़ी भी आकर प्लेटफॉर्म पर लग गई। सुरेश अपनी माँ के पैर छूकर उनसे लिपट गया। उसके बाद उसका ध्यान पास खड़ी कमला पर...उसने माँ से पूछा, "ये कहाँ जा रही है?" वसुन्धरा देवी ने उसे कहा, "कहीं नहीं, मैं अकेली आ रही थी तो सोचा कि इसे भी साथ में लेती चलूँ।" कमला ने सुरेश बाबू के पैर छुए और फिर सुबक कर रोने लगी। सुरेश अपनी माँ की ओर देखते हुए उसे चुप रहने को कहता है। वसुन्धरा देवी उसके सर पर हाथ फेरते हुए रोने से मना करती हैं। फिर सुरेश से बोलती हैं, "इसने मुझे सब कुछ बता दिया है। कमला अब हमारे साथ कोठी पर जाएगी। कल सभी गाँववालों को बैठाकर मैं निर्णय लूँगी।"

सुबह देवना को बुलवाकर वसुन्धरा देवी कहती हैं कि गाँव के एक-एक घर में जाकर कह दो कि कल जरूरी बैठक है इसलिए सभी गाँववाले शाम चार बजे तक चौपाल पर निश्चित रूप से आ जाएँ।

इसके बाद कमला को आवाज लगाती हैं, "कमला, जरा इधर आना..."

"जी मालकिन अभी आई।" तेजी से भागते हुए कमला वहाँ आती है।

वसुन्धरा देवी उससे कहती हैं, "अब तुम मालकिन बनोगी इस घर की, इसलिए मुझे माँ जी कहकर...!"

कमला सहमति में अपना सर हिलाती है।

चार बजे चौपाल पर लोगों का जमघट लग जाता है। लोग आपस में तरह-तरह की बातें कर रहे हैं। बड़े बेटे रमेश की शादी के समय भी वसुन्धरा देवी ने इसी तरह चौपाल पर सभी को बुलाया था और बताया था कि उनके बड़े बेटे की शादी शहर से होगी। चूँकि शादी लव मैरिज हो रही थी इसलिए गाँववालों को शहर चलकर शादी में शामिल होने का उन्होंने आग्रह किया था। खूब धूमधाम से बड़े बेटे की शादी शहर के नामचीन होटल से हुई थी। गाँववाले खुद को गौरवान्वित महसूस कर रहे थे। रंग-बिरंगी रौशनी की सजावट देखते ही बनती थी।

वसुन्धरा देवी अपनी कुर्सी पर बैठते ही एक नजर वहाँ उपस्थित लोगों पर देकर कहती हैं, "सभी लोग आ गए हैं? कोई छूटा तो नहीं।" सभी एक-दूसरे का मुँह देखने लग जाते हैं, फिर सब एक स्वर में कहते हैं, "जी मालकिन, सभी लोग आ गए हैं।"

अब वसुन्धरा देवी लोगों की तरफ मुखातिब होकर कहती हैं, "आप लोगों को मैंने अचानक इस चौपाल पर बुलाया है तो जाहिर है कि आप सबके मन में कौतुक होगा। तो, मैंने गाँव के औरत-मर्द सबको यहाँ बुलाया है ताकि सभी एक साथ मेरे फैसले को सुन सकें। बाद में कोई खुसुर-फुसुर नहीं करेगा। आप सब जानते हैं कि मैंने हमेशा दूसरों के पारिवारिक झगड़े-झंझट या अन्य किसी भी मामले को ईमानदारीपूर्वक सही फैसले के साथ सुलझाने में कभी रत्ती-भर भी कटौती नहीं की है। आज आप सबको मेरी जटिल पारिवारिक समस्या का समाधान करना होगा।"

वसुन्धरा देवी सुरेश और कमला को सबके बीच खड़ा करती हैं और

फिर सारी बातें खुद विस्तार से बताती हैं, जिसे गाँववाले काफी खामोशी से सुनते हैं। वसुन्धरा देवी कहती हैं, "सुरेश के लिए अनेक जगहों के बड़े-बड़े घरों से रिश्ते आ रहे हैं। लेकिन अचानक से सुरेश और कमला के बीच पनपे प्रेम के बारे में मैं खुद भी अनभिज्ञ थी। कमला के पति हेमन्त ने स्वेच्छा से कमला को दान कर दिया है।"

फिर कमला हाथ जोड़कर गाँववालों से कहती है, "आप सबको मैं प्रणाम करती हूँ। मैं गलत हूँ या सही मुझे नहीं मालूम। जब से मेरी शादी हुई है तब से अब तक मेरे पति ने मुझे हाथ तक नहीं लगाया। वे मुझमें कभी देवी का तो कभी अपनी माँ का रूप देखते रहे। मेरी माँ बचपन में ही गुजर गई थी, सो सौतेली माँ के अत्याचार सहते हुए मैं बड़ी हुई हूँ। एक दिन अचानक मेरे पिताजी ने मुझसे कहा कि पास वाले गाँव में तुम्हारी शादी तय कर दिया हूँ। मैं खूब रोई उस दिन। लेकिन करम में लिखा कौन मिटा सकता था?"

इधर शंकरवा डर से थर-थर कर रहा था। उसे लग रहा था कि कहीं कमला उस रात की खिड़की वाली घटना की पोल न खोल दे सो वह धीरे-धीरे सरकना चाहता था। तभी कमला की कड़क आवाज उसे सुनाई पड़ती है, "ऐ घरदुकवा शंकर, कहाँ भाग रहा है रे...तेरे जैसा गन्दगी भी इस गाँव में रहता है यह मुझे बताने तो दे। शाम होते ही अकेली रह रही औरतों का अगवार-पिछवाड़ा हुलकता है। और तो और एक दिन मेरे घर की खिड़की से बाँस की पतली करची से मुझे जगाने के लिए घोंचा मार रहा था। तब मैंने सिरहाने के नीचे रखा दबिया से अँधेरे में ही खिड़की पर फेंककर प्रहार किया था। दबिया का मूँठ मुँह पर लगा और तेरा एक दाँत टूट गया। ऐसे पापी गाँव-घर की बहू-बेटियों पर गन्दी नजर रखते हैं। ऐसे लोगों को कड़ी सजा मिलनी चाहिए। रही बात मेरे और सुरेश बाबू के बीच जो कुछ भी हुआ या हम दोनों ने जो किया वो पाप है या पुण्य मुझे नहीं मालूम। लेकिन मैं दो माह की गर्भवती हूँ। ये सब

जान-बूझकर नहीं हुआ है। उस रात सुरेश बाबू मेरे लिए देवता बनकर आए। मेरी जान बचाई और इसी क्रम में वे अपनी हद पार कर गए। मैं तो बेहोशी की हालत में सूखे पत्ते की तरह काँप रही थी। मेरे कौमार्य को सुरेश बाबू ने ही...! मैं सामाजिक ताना नहीं सह सकती। इसलिए हाथ जोड़कर आप सबसे विनती करती हूँ कि आप सबका जो फैसला होगा वह मुझे मंजूर होगा। सुरेश बाबू अब मेरी किस्मत बन चुके हैं। अगर मुझे सुरेश बाबू के साथ शादी करने की आप सबसे सहमति मिल भी जाती है तो भी मैं शादी तक अपनी झोंपड़ी में ही रहूँगी। अगर आप सब चाहेंगे तो सुरेश बाबू को बारात लेकर मेरी झोंपड़ी में ही आना होगा। मैं अपनी औकात के हिसाब से आप तमाम गाँववालों की मान-प्रतिष्ठा में कोई कोर-कसर नहीं छोड़ूँगी।"

गाँव की भीड़ जो चौपाल पर जमा थी, में मौजूद सभी लोग एक साथ ताली बजाने लगते हैं। सामूहिक तालियों से ऐसा लग रहा था जैसे आसमान में मेघ गड़गड़ा रहे हों। गाँव के सबसे वृद्ध रामनारायण जी खड़े होकर वसुन्धरा देवी से कहते हैं..."बड़ी मालकिन, आप महान हैं। आपकी दरियादिली के कायल तो हम सब पहले से ही हैं। आपने न जाने कितनी गरीब लड़कियों की शादी का भार अपने कन्धे पर उठाकर उनका कल्याण किया है। इतना ही नहीं श्राद्ध-कर्म में भी आपने बढ़-चढ़कर दूसरों की मदद की है। आपको हम गाँववाले देवी मानते हैं। आज पहली बार आप अपने परिवार का फैसला गाँववालों पर छोड़ रही हैं तो बताइए हम लोग कब बराती बन कमला के घर आएँ..." फिर से तालियों की गड़गड़ाहट...वसुन्धरा देवी गाँववालों से कहती हैं, "कमला जैसा चाहती है, वैसा ही होगा। आप लोगों का यानी बरातियों के शानदार भोज का आयोजन कोठी में किया जाएगा। कोई कमी नहीं रखी जाएगी। आप सबने मुझ पर एक प्रकार का कर्ज चढ़ा दिया है। सुरेश और कमला की शादी अगले माह विधि-विधान के साथ धूमधाम से की जाएगी। इस बार

भोज के लिए देवना अकेले केला का पत्ता नहीं काटेगा। शंकरवा इसकी मदद करेगा। शंकरवा को मैं सुधरने का एक और मौका देती हूँ और आप सभी देवतुल्य गाँववालों के प्रति अपना आभार प्रकट करती हूँ।"

सुरेश सबसे नजर छिपाकर कमला की ओर देख रहा है और कमला सुरेश की तरफ चोर नजरों से देख अपनी प्यारी मुस्कान बिखेर रही है। एक गरीब औरत के वसुन्धरा देवी की बहू बनने को लेकर गाँव के सभी लोग काफी खुश थे बल्कि इसलिए भी कि अमीरी-गरीबी, ऊँच-नीच की परवाह किये बिना गाँव के लोगों की इज्जत को वसुन्धरा देवी ने अपने माथे लगाया। इससे बड़ी बात और क्या हो सकती थी। सचमुच, वसुन्धरा देवी बड़ी मालकिन होने के साथ साक्षात देवी हैं।

एक टुकड़ा प्रेम

"मेरी प्राण प्यारी वन्दना,

सदा खुश और सुहागन रहो।

आज मन को समझाने का अथक प्रयास किया लेकिन सब बेकार! तुम्हारी ही जिद कर बैठा और तुमको पत्र लिखने बैठ गया...! सोचता हूँ कहाँ से शुरू करूँ? चलो पहले पुरानी यादें ताजा कर लें, फिर अन्य बातें! वन्दना याद है, जब तुम मुझे पहली बार शम्भु काका के आम के बागान में मिली थीं। जेठ की तपती दोपहरी और मैंने अपने हुड़दंगी साथियों के साथ शम्भु काका के किशनभोग आम पर निशाना साधकर ढेला फेंका था, लेकिन निशाना चूक जाने की वजह से आम की जगह सिर्फ कुछ पत्ते जमीन पर आ गिरे थे और तुम हँस-हँस के बेहाल हुई जा रही थीं। तब मैंने चिढ़कर अपनी चचेरी बहन बुलबुल को पूछा था, "कौन है ई नमूना?" और बुलबुल ने बड़ी सहजता से मुझे कहा था, "वन्दना, कुन्ती भाभी की छोटकी बहन। गर्मी की छुट्टी बिताने अपने गाँव आई है!" फिर मैंने पलटकर तुम्हारे चेहरे की तरफ गौर से देखा था...तुम तब भी हँस रही थीं। मैंने गुस्से से घूरते हुए तुम्हें बन्दरिया कहा था और तुमने भी हँसते हुए मुझे लंगूर कहा था और फिर वहाँ से भागते हुए मुझे जीभ निकालकर चिढ़ाया था।

"दूसरे ही दिन मैंने कुन्ती भाभी से मिलकर तुम्हारी शिकायत करते

हुए कहा था, 'कुन्ती भाभी, आपकी बहन ने कल बागीचे में मुझे लंगूर कहा था और जीभ निकालकर मुझे चिढ़ाया भी था!' तब कुन्ती भाभी ने हँसते हुए मुझे कहा था, 'वन्दना नाम है इसका! बहुत शरारती है, एक सप्ताह यहीं रहेगी, अपने गाँव मोहनपुर के स्कूल में आठवीं कक्षा में पढ़ती है!'

"तब मैंने अचरज भरी नजर से तुम्हें देखते हुए कहा था, 'भाभी, मुझे लगा था कि ये चौथे या पाँचवें दर्जे में होगी...यह देखन में तो छोटी लगे और...!' याद है, भाभी और तुम्हारा हँसते-हँसते बुरा हाल था और तभी अशोक भैया आकर वहाँ का मौसम ही बदल दिये थे। उन्होंने कुन्ती भाभी को कसकर डाँट पिलाते हुए कहा था, 'दाँत बाहर गिर जाएगा तुम दोनों बहनों का, मुँह बन्द करो और बैल के नाद में घास-पानी डालो!'

"फिर मुझे घूरते हुए कहा, 'बाहर तुम्हारी साइकिल देखकर मैं समझ गया था कि रमेश अन्दर है!' फिर अशोक भैया ने अपने हाथ से दुआली जिससे बैल को हाँका और मारा जाता है, को रखते हुए मुझसे कहा था, "रमेश, तुम इस गाँव का भविष्य हो! गाँव-समाज के बारे में तो जानते ही हो, आज भी रूढ़ियों और परम्परागत तौर-तरीके से बाहर नहीं हो पाया है। मेरे पिता कभी इस गाँव के जमींदार हुआ करते थे, लेकिन आज परिस्थिति दूसरी है, पिताजी के असामयिक निधन से घर-बार, खेत-खलिहान सब चौपट हो गया!

" 'मेरा कोई सगा भाई नहीं है तुम तो जानते हो, लेकिन तुम मुझे बहुत प्यारे हो। तुम्हारे पिता जगदेव बाबू का बहुत उपकार है मुझ पर। जगदेव काका ने अपनी सूझ-बूझ से बहुत जमीन बचा ली, वरना मेरे पिता के सगे भाई ने तो बँटवारा का मुकदमा कोर्ट में दाखिल कर बिट्टा बाड़ी तक अपने नाम करवा लिया था। आज यह घर भी नहीं होता मेरे पास।'

"मुझे याद है कि यह सुनते हुए तुम्हारा वो चेहरा...! जानती हो, अशोक भैया ने मेरा सगा भाई नहीं होते हुए भी मुझे वो सब कुछ दिया

जिसके लिए मैं बचपन से तरसता था। मेरे घर में तो जानती ही हो मेरे सिवाय कोई नहीं है। माँ और बाबू जी के गुजरने के बाद मैं अनाथ ही हो गया होता, अगर मेरे जीवन में अशोक भैया और भाभी नहीं होते तो...!'

"याद है वन्दना, जब मैंने अशोक भैया से कहा था कि अगले साल मार्च में मुझे मैट्रिक परीक्षा देनी है, तो तुरत उन्होंने तुमको सामने बुलाकर क्या कहा था? चलो मैं ही बोल देता हूँ, 'रमेश अगर तुम मैट्रिक परीक्षा में प्रथम आए तो वन्दना का दुल्हा तुम ही होगे...!' और फिर तुम जोर से 'जीजा जी!!' चिल्लाते हुए वहाँ से भाग खड़ी हुई थीं। लेकिन कमरे में प्रवेश से ठीक पहले तुमने मुझे पलटकर देखा था और हम दोनों की नजरें ठहर-सी गई थीं...नहीं समय ठहर गया था...नहीं...नहीं ज्वार-भाटा मेरे भीतर...!

"मेरी प्यारी वन्दना, याद है दूसरे दिन तुमने बुलबुल के हाथ एक छोटा-सा पत्र भेजा था—लंगूर जी, दोपहर को बागीचे में आम का पतासी बनाऊँगी, खाने के लिए आना अनिवार्य है। प्रतीक्षा में...बन्दरिया!

"सच कहूँ तो पहुँचने की हड़बड़ी में दो बार मैं साइकिल से गिर पड़ा था, क्या इसे ही चुम्बकीय खिंचाव या रूप के आकर्षण से मंत्रमुग्ध हो अन्धा हो जाना...! मालूम नहीं!

"याद है, दूर से ही तुम दोनों को वहाँ देखकर मैंने जो खुशी से साइकिल की घंटी ट्रिन...ट्रिन...बजाना शुरू किया तो तुम्हारे बगल में साइकिल समेत धड़ाम से गिरने के बाद तक मेरी उँगली घंटी पर ही ठहरी रही थी...। फिर उठते हुए मैंने झूठ बोला था कि चप्पल का फीता पैडल में घुस गया था इसलिए गिर गया। फिर तुम दोनों की वो जोरदार हँसी...उफ!

"जब बुलबुल को तुमने पानी लाने के बहाने से भेजा था तो लाज से तुम्हारी सूरत देखने लायक थी...एकदम सिंदूरिया आम की तरह सुर्ख...। फिर तुमने हँसते हुए मुझसे कहा था, 'क्या तुम सच में हमसे

ब्याह करोगे?' और मैंने तुम्हारी हथेली अपनी कँपकँपाती हुई हथेली से पकड़ते हुए कहा था, 'हाँ, हमेशा के लिए तुम्हें अपना बनाने का सपना तो कल से ही...!' फिर तुमने कासीदी रूमाल मुझे देते हुए उस डिजाइन को दिखाया था जिसमें दिल की आकृति के बीच में दो अक्षर थे R.V. मतलब रमेश, वन्दना!

"उफ! कितनी बातें हैं...याद है साइकिल की वह घंटी! और घंटी बजाने का कोड वर्ड...! जब मैं तीन बार ट्रिन...ट्रिन...ट्रिन...बजाऊँ तो उसका मतलब...आई लव यू! और बार-बार बजाऊँ तो तुम्हें बाहर निकलने का इशारा...!

"फिर तुम्हारे अपने गाँव लौटने के ठीक एक दिन पहले जब मैं अशोक भैया के घर आया था तो तुम एकदम गुमसुम उदास होकर पानी का गिलास देकर चुपके से अपने आँसू पोंछते हुए...। उस दिन मुझे लगा कि मैं शायद तुम्हारे बिना नहीं रह सकूँगा...शायद इसी को लोग प्यार कहते होंगे, जो मुझे उस दिन महसूस हुआ था।

"हालाँकि कुन्ती भाभी की तेज नजरों से बचना नामुमकिन था। उन्होंने मौके की नजाकत को भाँपते हुए मुझसे कहा था, 'रमेश, क्या बात है, आजकल मैट्रिक परीक्षा की तैयारी बहुत जोरों पर है। लगता है खूब दिल लगाकर पढ़ाई कर रहे हो! कल वन्दना चली जाएगी और तुम भी कुछ दिनों में शहर चले जाओगे। मेरा तो जी ही नहीं लगेगा! सुनो रमेश, मैं सब समझ रही हूँ, तुम वन्दना को पसन्द करते हो न? कोई बात नहीं, अभी तुम दोनों ही छोटे हो और वन्दना को भी अभी अपनी पढ़ाई पूरी करनी है।' और फिर भाभी ने कहा, 'तीन साल इन्तजार करो और खूब दिल लगाकर पढ़ाई करो। तुम्हारी शादी मैट्रिक पास कनियाँ से करवाएँगे...एकदम धूमधाम से...' याद है फिर भाभी ने तुम्हें वहाँ बुलाकर पूछा था, 'वन्दना, रमेश तुमको पसन्द करता है और तुम? क्या तुम भी...' और तुमने दोनों हथेलियों से अपना मुँह ढककर इजहार

किया था, उफ...! फिर भाभी ने बगल वाली भथरी चाची के घर जाते हुए कहा था, 'तुम दोनों जी-भर कर बात कर लो...भैया भी आनेवाले ही हैं, मैं थोड़ी देर में आती हूँ...!'

"याद है, मैंने भाभी के जाते ही बड़ी हिम्मत जुटाकर तुमको अपनी छाती से चिपका लिया था और तुमने भी खुद को नहीं रोका था। उस पल को साक्षी मानकर ही तो तुमने मुझसे कहा था, 'जब मैं मैट्रिक पास कर लूँगी तब मुझसे ब्याह कर लेना, मैं इन्तजार करूँगी...' हम दोनों की उमर छोटी थी लेकिन हम दोनों ने तय कर लिया था एक साथ जीने और मरने का।

"मुझे याद है कि जब मैंने घर वापसी के लिए साइकिल उठाई तो उसमें से घंटी गायब थी। मैंने तुम्हारी तरफ देखा तो तुम भीतर की तरफ भाग गई थीं...!

"तुम्हारे जाने के बाद मैंने घर से बाहर निकलना छोड़ दिया था और गुमसुम उदास रहने लगा था। मेरी आँखों के सामने बैलगाड़ी से जाता हुआ तुम्हारा उदास चेहरा...शायद तुम्हारी आँखों से...नहीं...नहीं...मेरा कलेजा जैसे फट गया था। ...तुमने हाथ हिलाकर मुझे घर जाने का इशारा किया था, तब मुझे ऐसा लगा था कि दौड़ता रहूँ गाड़ी के पीछे-पीछे... उफ...। धूल उड़ाती बैलगाड़ी और तुम्हारी आकृति जब तक ओझल नहीं हो गई थी तब तक मैं...!

"जानती हो वन्दना, मैं उस पूरी रात नहीं सोया। तुम्हारी याद में अनगिनत कविताएँ लिख डालीं उस रात! फिर समय बीतता गया और मैंने मैट्रिक प्रथम श्रेणी में पास कर लिया। लेकिन इसकी मुझे उतनी खुशी नहीं थी जितनी खुशी मुझे तब हुई जब कुन्ती भाभी ने तुम्हारा बैरंग पत्र मुझे दिया। तुम्हारी विरह-वेदना पढ़कर मैं घंटों रोया था। जानती हो पत्र में जो तुमने गुलाब की पंखुड़ियाँ भेजी थीं, उन्हें मैंने आज तक सहेजकर कलेजे से लगा रखा है।

"तीन साल तक पत्र ही जीने का माध्यम रहे हमारे बीच। याद है न! उस दिन तो मुझे पंख लग गए जिस दिन कुन्ती भाभी ने तुम्हारा लिखा पत्र दिया और तुम्हारे मैट्रिक प्रथम श्रेणी से पास करने की खबर मुझे सुनाई...मेरी आँखों में सतरंगी सपने थे लगता था उड़कर तुम्हारे पास पहुँच जाऊँ...और...और...शायद शब्दों में नहीं लिख पा रहा हूँ। मैं इंटर सेकेंड ईयर का छात्र था तब...अशोक भैया और कुन्ती भाभी से मिलकर मैंने साफ-साफ शब्दों में कह दिया था, 'भैया-भाभी, अब मुझसे वन्दना के बगैर रहा नहीं जाता, मेरी शादी करा दो उससे...'

"दोनों ने सुनकर अचरज-भरी नजरों से मुझे देखकर कहा था, 'हाँ-हाँ, क्यों नहीं रमेश! कल ही हम दोनों मोहनपुर जाते हैं तुम्हारी शादी तय करने। वैसे वन्दना ने तुम्हारा काम आसान कर दिया है। उसने अपनी माँ से सब कुछ बता दिया है। और उसकी माँ ने तुम्हारी भाभी और मुझसे सब कुछ पता करके उसे हाँ भी भर दिया है...'

"जानती हो यह सुनकर खुशी से मेरा मन मानो झूम उठा था।

मेरी प्यारी वन्दना, याद है शादी में सिन्दूरदान के बाद जब मैंने लोक- लाज का खयाल किये बगैर तुम्हें अपनी बाँहों में भर लिया था तो औरतों के झुंड से आवाज आई थी—'लड़का तो बड़ा ही फास्ट है।' फिर औरतों के झुंड से आती सामूहिक ठहाके की आवाज से हम शरमाते हुए अलग हुए थे। याद है शादी की पहली रात जब लाल सुर्ख जोड़े में कुन्ती भाभी ने तुम्हें कमरे में लाकर मुझसे कहा था, 'लो देवर जी, अब सँभालो अपनी अमानत को, और हाँ आराम से...' बोलकर मुस्कराती हुई भाभी तेज कदमों से कमरे के बाहर चली गई थीं।

"वह रात हम दोनों के जीवन की यादगार रात थी। तुमने जो गिफ्ट मुझे दिया था उसे मैं आज तक नहीं भूला हूँ। जब मैं उस डिब्बे को खोल रहा था तो तुम मन्द-मन्द मुस्करा रही थीं...। अरे ये क्या! ये तो वर्षों पहले गुम हुई मेरी साइकिल की घंटी थी। मैं चोरनी कहते हुए तुम्हारी

तरफ भागा था तो तुमने भागते हुए घंटी को मेरे हाथ से छीनकर उसे तीन बार ट्रिन-ट्रिन कर बजाया था और मैं तुम्हें अपनी गोद में उठाकर आसमान की सैर कर रहा था मानो...। कितनी सुन्दर लग रही थीं तुम... उफ!! कितना अधूरा था मैं तुम्हारे बगैर...तुम्हें अपनी बाँहों में जकड़कर सीने से चिपका लिया था मैंने, जैसे कि...और तुम पागलों की तरह... नहीं...नहीं साक्षात आसमान से उतरी अप्सरा की तरह एकदम मनमोहिनी, जिसने मुझसे आलिंगनबद्ध होकर सर्वस्व मेरे हवाले करते हुए मुझे...!

अपना बेटा प्रतीक आज 24 साल का हो गया है और दिल्ली की एक सॉफ्टवेयर कम्पनी में मैनेजर है। उसने जन्मदिन पर मुझे तुम्हारी एक तसवीर भेंट की है...। उस तसवीर में तुम एकदम देवी की भाँति दिख रही हो...कहाँ गई बागीचे में पहली बार मिलनेवाली वन्दना...। वर्षों से आईने में अपनी शक्ल नहीं देखी है। मेरे बाल, दाढ़ी-मूँछ सब पक गए हैं...किसके लिए बाल रँगूँ या फिर शेव करूँ? अब कोई मुझे चिकना नहीं कहता और न ही कोई तुम्हारी तरह निमोछा कहकर चिढ़ाता...! जिस लाल सुर्ख साड़ी को तुमने शादी की पहली रात पहना था अब वही मेरी दुल्हन है। रोज रात को बक्से से निकालकर उसे चूमता। और फिर सीने से लगाकर उससे लिपटकर बातें करता हूँ। जब जी भर जाता है तो सो जाता हूँ...।

"जानती हो तुम्हारी देह की खुशबू आज भी उस साड़ी में जस की तस है। उसकी खुशबू मुझे रुला देती है। मुझे लगता है जैसे कि तुम साक्षात मेरी बाँहों में हो। और हाँ, सुबह-शाम पूजा करते समय मैं टिन के तुम्हारे उस पुराने बक्से से साइकिल की घंटी निकालकर तीन बार ट्रिन...ट्रिन कर बजाता हूँ...उसका मतलब अब भी वही है। मतलब समझीं न...!

"प्रेम के समन्दर में मुझे अकेला छोड़ तुम...। इतना बड़ा जख्म मैं अब तक कैसे बर्दाश्त करता रहा कैसे बताऊँ तुम्हें...नहीं...उफ...कितनी निष्ठुर हो तुम..., तुम्हें जरा भी दया नहीं आई। जिसे देखे बगैर मैं कुछ

खाता-पीता तक नहीं था, जिसके बिना मेरे जीवन का कोई मतलब नहीं था...। कसम से, अगर मुझे पता होता कि तुमसे प्रेम करने की सजा तुम्हारे बगैर रोज तिल-तिल कर मरना होगा तो यकीन मानो मैं कभी तुमसे...।

"कल हमारी शादी की पचीसवीं सालगिरह है लेकिन आज भी मुझे ये कल-परसों की बात लगती है। इस पत्र में जहाँ-जहाँ शब्द धुँधले हों समझ लेना वहाँ मेरे आँसू गिरे हैं। तुम्हारे बगैर मैं एक जिन्दा लाश बनकर जी रहा हूँ वन्दना! मेरे आँसू शायद सब कुछ बहा देंगे...। अगर हमारा बेटा, तुम्हारी निशानी मेरे पास नहीं होता तो मैं...! अब मैं और नहीं जी सकूँगा तुम्हारे बगैर। सुनो यह मेरा आखिरी पत्र है। अगली बार पत्र नहीं बल्कि मेरी लाश...!

"वन्दना, अब इससे ज्यादा क्या कहूँ। कलेजा फट रहा है। जहाँ आज तुम्हारे बेटे का 24वाँ साल पूरा हो रहा है, वहीं कल...उफ...नहीं... नहीं...कैसे लिखूँ कि तुम्हारी पन्द्रहवीं बरसी है...!"

तुम्हारा अभागा पति

रमेश

किस्मत का खेल

दिल्ली गेट की लाल बत्ती पर गाड़ी रुकते ही छोटे-छोटे बच्चों से लेकर विभिन्न प्रकार के लोग, कोई खिलौने लेकर तो कोई नारियल का फर्रा लेकर गाड़ियों के शीशे के पास आ खड़े होते हैं। इनमें कुछ भिखारी होते हैं, और कुछ थर्ड जेंडर वाले भी। इन लोगों की यह नित्य लीला है। ऐसा ही एक गोरा-चिट्टा, दिखने में बिलकुल गोल-मटोल, खूबसूरत बालक सुमित्रा की गाड़ी के शीशे के पास आ खड़ा होता है।

"आंटी कलम ले लो! दस रुपये में तीन!"

सुमित्रा टकटकी लगाए उस लड़के को निहारती रही, फिर बोली, "बेटा जरा इधर आना! क्या नाम है तुम्हारा?"

"सरोज..." लड़के ने कहा।

"ठीक है मुझे अपने सारे कलम दे दो," पाँच सौ का नोट बढ़ाते हुए सुमित्रा ने कहा।

उस लड़के ने अचरज-भरी नजर से देखा मानो उसकी लॉटरी निकल गई हो। "लेकिन मेरे पास छुट्टे नहीं हैं आंटी, और सारे कलम तो दो सौ रुपये में आएँगे।"

"ठीक है शेष रुपये तुम रख लो, फिर कभी नजर आऊँ तो दे देना।"

सरोज ने झोले से सारे पेन के बंडल सुमित्रा को खिड़की से देते हुए कहा, "आंटी, मैं आपका इन्तजार करूँगा?" बत्ती हरी हो चुकी थी।

"अरे सुनो बेटा, तुम रहते कहाँ हो?"

"यहीं आईटीओ के पास प्राचीन शिव मन्दिर के पीछे झुग्गी है, वहीं रहता हूँ।" सुमित्रा रास्ते-भर गाड़ी में खुद को एक अजीब-सी ऊहापोह में फँसा महसूस करती रही। एकदम वही चेहरा, वैसा ही भोलापन और वैसी ही हाजिरजवाबी, बिलकुल उन्हीं के जैसा...उफ! तो क्या सरोज...? दस साल के उस बालक में आखिर ऐसा क्या दिख गया सुमित्रा को कि वह पूरे रास्ते अजीब कशमकश में पड़ी रही।

घर पहुँचकर भी सुमित्रा सरोज के चेहरे को भुला नहीं पा रही थी। बार-बार उसका मन दिल्ली गेट वाली लाल बत्ती की तरफ बरबस खिंचा चला जाता।

"मैडम, आज रात को होटेल ओबराय में रात आठ बजे मिस्टर पी.के. दत्ता के साथ आपकी मीटिंग तय है," सेक्रेटरी ने सूचनात्मक लहजे में कहा।

"ओह, आई कांट अटेंड दिस मीटिंग। प्लीज गो एंड इन्फॉर्म हिम!"

"लेकिन मैडम..."

"प्लीज गो नाऊ!"

उस रात सुमित्रा की नींद न जाने कहाँ गायब हो गई। उसका मन बैचैन हो रहा था, मानो कुछ पाने को अधीर मन उसे शून्य में किसी बीते हुए कल की तरफ ले जा रहा हो, लेकिन किसके लिए?

तो क्या सरोज उसका और डॉक्टर भानुप्रताप का बेटा है? उसकी आँखें, उसका चेहरा, उसके बात करने का तरीका, उसके घुँघराले बाल सब कुछ हू-ब-हू मानो भानुप्रताप ही सामने आ खड़े हुए हों।

सुमित्रा अब अपने दस साल पहले वाले अतीत में गोता लगा रही है— सुन्दर, बड़ी-बड़ी काली आँखें, सुडौल, छरहरी काया गोरी-चिट्टी सुमित्रा। तब वह मेडिकल की छात्रा थी और उसे दिल्ली गेट से सटे एनजीपी हॉस्पिटल में पार्ट टाइम नर्स का जॉब मिला था। सुमित्रा जल्दी

ही हॉस्पिटल के वातावरण में ढल गई और उसे रहने के लिए हॉस्पिटल कैम्पस में ही क्वार्टर भी मिल गया।

सुमित्रा की ड्यूटी अक्सर नाइट शिफ्ट में होती। किन्तु कभी इससे उसे कोई परेशानी नहीं होती। डॉक्टर भानुप्रताप हॉस्पिटल के सीनियर थे, पूरे हॉस्पिटल की जिम्मेदारी उन पर ही थी। एक रात इमर्जेंसी वार्ड में एक सीरियस पेशेंट का ऑपरेशन था और हेड नर्स मिस बिमला ड्यूटी से नदारद थी। फिर क्या, डॉ. भानुप्रताप का गुस्सा सातवें आसमान पर जा पहुँचा...उन्होंने गुस्से में ऑपरेशन थियेटर में प्रवेश किया तो उन्हें काफी आश्चर्य हुआ। पेशेंट के पास हाथों में ऑपरेशन हेतु सभी जरूरी उपकरण लेकर एक नई नर्स खड़ी थी। भानुप्रताप ने जरा कर्कश आवाज में पूछा, "तुम...तुम कौन हो?"

"सर सुमित्रा नाम है मेरा!" उसने मास्क के भीतर से ही पेशेंट के ऑपरेशन के लिए कुछ जरूरी उपकरण डॉ. के हाथ में देते हुए जवाब दिया, "मैं पाँच दिनों से ड्यूटी कर रही हूँ।"

इस बार डॉ. भानुप्रताप ने उसके चेहरे को देखने की कोशिश की लेकिन उन्हें सुमित्रा की आँखों के सिवाय कुछ नहीं दिखा। हाँ, एक सिहरन-सी दौड़ गई पूरे शरीर में मानो करंट दौड़ गया हो...। "ठीक है, मेरे चैम्बर में जाओ और वहाँ एक स्टील का चपटा कैन होगा मेरी टेबल के नीचे, उसे लेकर आओ!"

सुमित्रा जब वापस आई तो डॉ. ऑपरेशन कर चुके थे। उसके आश्चर्य का ठिकाना नहीं रहा। इतनी जल्दी भला कोई कैसे इतना टिपिकल ऑपरेशन कर सकता है?

"ठीक है उसे वहाँ खिड़की के पीछे रख दो। और हाँ सुनो, एक छोटा-सा ऑपरेशन अभी और बाकी है, आधे घंटे बाद करूँगा।" हाथ

से दस्ताना उतारकर हाथ धोते हुए डॉ. भानु प्रताप ने कहा। फिर उन्होंने सुमित्रा के सामने कैन से घूँट भरते हुए कहा, "क्या तुम जानती हो मैं इस वक्त इस कैन से शराब पी रहा हूँ?"

"जी, नहीं!" सुमित्रा ने कहा।

"बिमला काफी लापरवाह हो गई है। पिछले एक सप्ताह सें मैं यहाँ मौजूद नहीं था। विदेश गया हुआ था, एक ट्रेनिंग अटैंड करने। ख़ैर, फातिमा को बुलाकर कहो अभी यहाँ कुछ देर रहे। और हाँ, जब वो आ जाए तो तुम मेरे चैम्बर में आना।"

"मे आई कम इन?" दरवाजे के पीछे से सुमित्रा ने कहा।

"ओ यस प्लीज कम।" डॉ. भानुप्रताप सामने खड़ी बेहद खूबसूरत सुमित्रा को आँखें फाड़कर देखते रह गए।

सर, "आपने मुझे बुलाया था।"

"अरे हाँ...डॉ. मुखर्जी ने बताया था तुम्हारे बारे में। तुम तो मेडिकल की पढ़ाई भी कर रही हो न?"

"जी!"

"ठीक है," घूँट भरते हुए डॉ. ने कहा, "अनमैरिड हो?"

"जी!" सुमित्रा ने शरमाते हुए कहा।

"ठीक है, अब चलो ऑपरेशन करना है।"

जब डॉ. भानु ऑपरेशन करने लगे तो सुमित्रा उनके फुर्तीले, सधे हुए हाथों की जादूगरी को विस्मय-भरी निगाहों से देखती रह गई। उसे महसूस हुआ कि वह खिंची चली जा रही हो उनके चुम्बकीय आकर्षण में।

"चलो ठीक है, फातिमा को बुलाकर पेशेंट को वार्ड में शिफ्ट करो। और हाँ, तुमसे मुझे कुछ और भी बात करनी है, मेरे केबिन में आओ। हो सकता है आठ नम्बर वार्ड के पेशेंट का ऑपरेशन तीन घंटे बाद, यानी रात को ढाई बजे करना पड़े।"

"सर, क्या मैं अन्दर आ सकती हूँ?"

"वाई नॉट! यस, प्लीज कम!"

सुमित्रा ने नोटिस किया कि डॉ. बार-बार उसकी आँखों में आँखें डालकर बात कर रहे हैं। सुमित्रा ने भी अपनी आँखें उनकी आँखों में गड़ा दीं। उसने शरीर में कम्पन महसूस किया। सुमित्रा डॉ. के व्यक्तित्व और उनकी कार्यकुशलता को देख काफी प्रभावित हुई।

उसने हिम्मत जुटाकर डॉ. भानुप्रताप से पूछा, "सर, आपके बीवी-बच्चे रात में आपका इन्तजार नहीं करते क्या?"

सुनकर डॉ. ने मुस्कराते हुए जवाब दिया, "मैंने अब तक शादी नहीं की, और की भी तो अपने पेशे से, शराब से, अकेलेपन से...यही मेरी लाइफ है। सुबह मेड आकर नाश्ता, खाना सब बनाकर चली जाती है, और रात को पेशेंट, ऑपरेशन, शराब, यही है मेरी जिन्दगी।"

सुमित्रा को खुद के अन्दर एक अनियंत्रित वेग महसूस होने लगा। उसने डॉ. भानु के चेहरे को गौर से देखा। एकदम गोल-मटोल, गोरा, खूबसूरत घुँघराले बाल। गजब का आकर्षण...!

डॉ. ने उसे एक स्लिप देते हुए कहा, "सुनो, कल से तुम हेड नर्स हो। मैं तुम्हें आज और अभी ऑथराइज करता हूँ। लेटर में सब लिखा है। और हाँ, बिमला अब तुम्हारे अंडर काम करेगी, बल्कि सभी नर्सेज...।"

अतीत में खोई सुमित्रा की आँखों से आँसू निकल पड़े। वह खुद को अवचेतन अवस्था में महसूस करने लगी। उसकी आँखों में डॉ. भानुप्रताप की सूरत उभर आई और वह खुद को उनकी मजबूत जकड़ में आलिंगनबद्ध महसूस करने लगी, "उफ...छोड़िए न, मुझे शर्म आती है। मत कीजिए मुझे इतना प्यार।"

"अरे, अब तो तुम मेरी बीवी हो, सुमित्रा प्रताप।"

"अगर मैं मर गई तो?" सुमित्रा ने इठलाते हुए कहा।

"नहीं, तुमने मेरे खाली जीवन को प्यार से सींचा है, तुम्हें कुछ नहीं

होने दूँगा," सुमित्रा के सिर को अपनी छाती पर रखते हुए उन्होंने कहा, "भले मेरी जान क्यों न चली जाए?"

उनके मुँह पर हाथ रखते हुए सुमित्रा ने कहा, "प्लीज, ऐसी अशुभ बात मत बोलिए। आपके बगैर भला मैं कैसे जिन्दा रह सकूँगी! और हाँ, आपको एक खुशखबरी देनी है। आप..आप...बाप बननेवाले हैं!"

"क्या कहा! मैं पिता बननेवाला हूँ! आज मेरी जीवन की साधना पूरी हुई, मैं खुशी से पागल हो जाऊँगा।"

फिर अगले दिन डॉ. भानुप्रताप ने सुमित्रा को एक बड़ा तोहफा दिया। उन्होंने अपना वसीयतनामा बनवाया जिसमें मालरोड का बँगला, छतरपुर का फार्म हाउस, सॉफ्टवेयर कम्पनी और करोड़ों रुपये का निवेश व बैंक बैलेंस सुमित्रा को गिफ्ट कर दिया।

धीरे-धीरे समय बीतता गया और सुमित्रा का आठवाँ महीना शुरू हो गया। इस बीच डॉ. भानुप्रताप काफी अस्वस्थ रहने लगे थे। चूँकि वे शादी के पहले से ही काफी शराब पीते थे; नतीजतन, उनकी आँत में अल्सर हो गया था जो कि कैंसर का रूप ले चुका था। सुमित्रा ने जब बच्चे को जन्म दिया तो डॉ. भानुप्रताप उसी अस्पताल में गम्भीर अवस्था में भर्ती थे और दूसरे दिन उनका ऑपरेशन होना था। लेकिन भाग्य यहाँ कुछ और ही खेल खेल रहा था। हॉस्पिटल की नर्स बिमला अपनी बेइज्जती का बदला लेने के लिए मौके की तलाश में थी और आज वह मौका उसे मिल गया था। उसने अपने सहयोगियों के साथ मिलकर सुमित्रा का बच्चा चोरी करवा लिया।

इधर जब सुमित्रा को होश आया तो बच्चा गायब था! पूरे अस्पताल में कोहराम मच गया था। सुमित्रा का रो-रोकर बुरा हाल हो गया था। जब डॉ. भानुप्रताप को यह बात पता चली तो वे यह सदमा बर्दाश्त नहीं कर सके। उन्होंने सुमित्रा का स्ट्रेचर अपने पास मँगवाया और सुमित्रा के हाथ पर सिर रखकर अस्फुट स्वर में कहा, "बच्चा मिल जाएगा। किसी

ने शायद तुम्हारे साथ मजाक किया है। मिल जाए तो उसे पिता का भी भरपूर प्यार देना..." फिर दम तोड़ दिया।

सुमित्रा पर तो जैसे दुखों का पहाड़ टूट पड़ा। उसने अपने बच्चे को खो दिया था और जान से ज्यादा चाहने वाले पति को भी।

बिमला ने बच्चा चुराकर दरियागंज के एक यतीमखाने में यह कहकर पहुँचा दिया कि अस्पताल में कोई बिन-ब्याही माँ इसे जन्म देकर छोड़ गई थी। लड़का है रख लीजिए साहेब...। उसकी बातें सुनकर यतीमखाने के ट्रस्टी हाफिज साहेब को दया आ गई और उन्होंने बच्चे को पालने में रख देने को कहा।

आठ वर्ष तक सरोज यतीमखाने में रहा। मगर एक दिन एक बूढ़े ने उसके साथ अप्राकृतिक यौनाचार करना चाहा तो सरोज ने इसका कड़ा विरोध करते हुए न सिर्फ पूरे यतीमखाने में सबको बताकर सनसनी फैला दी बल्कि उस पापी बूढ़े का सर पत्थर से फोड़ डाला। उसके बाद वह वहाँ से भाग निकला और आईटीओ के पास वाले मन्दिर में जाकर सो गया।

सुबह जब मन्दिर के पुजारी ने सब कुछ जाना तो उसने सरोज के सिर पर हाथ फेरते हुए कहा, "कोई बात नहीं बेटा, आज से यह तेरा भी घर है।" इस तरह सरोज वहीं मन्दिर के पीछे पुजारी के घर रहने लगा; बिलकुल सगे बेटे जैसा।

अब वह दस साल का हो गया था सो वह मन्दिर के पुजारी बाबा से बोलकर लालबत्ती पर खिलौने, फूल, कलम बेचने लगा था।

दूसरे दिन जब सुमित्रा उठी तो सबसे पहले दिल्ली गेट के बगल में अपनी गाड़ी पार्क कराके लालबत्ती की तरफ लपकी। तभी किसी ने उसे पीछे से आवाज दी, "सुमित्रा!" यह आवाज जानी-पहचानी थी। पीछे बिमला खड़ी थी दोनों हाथ जोड़े।

"क्षमा करना सुमित्रा! अपनी बेइज्जती का बदला लेने के लिए मैं

तुम्हारा बेटा चुराकर उसे दरियागंज के यतीमखाने में हाफिज साहेब के पास छोड़ आई थी।"

सुमित्रा का मानो कलेजा मुँह को आ गया। "क्या कह रही हो बिमला बहन? चलो! चलते हैं वहाँ," सुमित्रा ने कहा और फिर गाड़ी वहीं छोड़कर दोनों पैदल लालबत्ती क्रॉस कर ही रही थीं कि एक बच्चे ने आवाज दी, "आंटी अपने तीन सौ रुपये तो लेती जाइए," सरोज ने मासूमियत से कहा।

"अरे बेटा तुम! तुम्हें ही खोजने आई थी मैं लेकिन जरा यतीमखाने होकर आती हूँ।"

तभी "रुको माँ! वो अभागा बालक मैं ही हूँ। मैंने आप दोनों की बातें पेड़ की आड़ में खड़े होकर सुन ली हैं माँ..." सरोज ने कहा।

सुमित्रा दौड़कर उसे अपने सीने से लगा रोने लगी, "मेरा बच्चा, मेरे कलेजे का टुकड़ा, मैं तो कल ही समझ गई थी कि तू मेरा ही बेटा है। आ चल, तेरे पुजारी बाबा के पास चलते हैं।" सुमित्रा को बरसों पहले खोया हुआ उसका बेटा मिल गया था। और सरोज को माँ की ममता और आँचल ने नया जीवन और प्यार-भरा संसार दे दिया था।

यह एक प्रकार से ईश्वर द्वारा रचा किस्मत का खेल ही तो था कि कहाँ सरोज लालबत्ती पर फूल, खिलौने और कलम बेचता एक मामूली बच्चा था और कहाँ एक पल में अरबपति बन गया।

सफरनामा

पूर्णिया बस स्टैंड, सैकड़ों यात्री इधर-उधर भाग-दौड़ करते हुए अपने गन्तव्य पर ले जानेवाली बस की खोज कर रहे थे। आइए भाई, जिनको सहरसा, मधेपुरा जाना हो, बस खुल रही है...। किसी तरह नरेन मधेपुरा जानेवाली बस में हाँफते हुए चढ़ गया और सीट भी मिल गई।

नरेन सप्ताह में चार बार मधेपुरा जाता है। अक्सर वह सुबह वाली लोकल ट्रेन से जाता है। लेकिन आज घर में आए मेहमानों की वजह से वह लेट हो गया सो लाचारी में उसे ऑफिस जाने के लिए बस का सहारा लेना पड़ा। नरेन ने इकोनॉमिक्स में एम.ए. किया है और मधेपुरा यूनिवर्सिटी का गोल्ड मेडलिस्ट छात्र रह चुका है। सीट पर बैठने के कुछ देर पश्चात जब उसकी फूली हुई साँसें सामान्य हो गईं तो गहरी साँस छोड़कर अपने शरीर को सीट पर एडजस्ट करने के क्रम में उसकी नजर बगल में बैठी एक साँवली युवती पर गई। कंडक्टर अब भी तोते की तरह कर्कश आवाज में चिल्ला रहा था। जब बस मधुबनी से आगे बढ़ी तो नरेन ने उस पास बैठी युवती से पूछा, "कहाँ तक जाओगी?"

युवती ने झेंपते हुए बेमन से जवाब दिया, "मधेपुरा।"

फिर नरेन ने पूछा, "वहाँ..."

"जी नहीं यूनिवर्सिटी जा रही हूँ। वैसे मैं वहाँ रजिस्ट्रार के ऑफिस

में कॉन्ट्रेक्ट बेसिस पर काम भी करती हूँ, और आगे की पढ़ाई भी जारी है। एम.ए. फाइनल ईयर में हूँ।"

नरेन फिर पूछ बैठा, "और विषय...?"

युवती ने जवाब दिया, "अर्थशास्त्र।"

नरेन ने मुस्कराते हुए उससे पूछा, "अगर मैं तुमसे कुछ सवाल पूछूँ तो तुमको आपत्ति तो नहीं होगी?"

युवती ने हँसते हुए कहा, "जी पूछिए।"

नरेन ने उससे अनेक टढ़े-मेढ़े सवाल किये। युवती हरसम्भव प्रयास में लगी रही कि वह सही जवाब दे। कुछ सवालों के जवाब तो उसने झट से दे दिये लेकिन कुछ सवालों के जवाब...! फिर नरेन ने एक और सवाल किया, "मान लो, सभी लोगों को सरकार ढेर सारा पैसा दे दे तो भारत की अर्थव्यवस्था और प्रोडक्टिविटी पर इसका क्या प्रभाव पड़ेगा?"

कुछ देर चुप रहने के बाद युवती ने जवाब दिया, "जब सबको बहुत पैसा मिल जाएगा तो कोई मेहनत-मजदूरी भला क्यों करेगा? वह आराम से घर पर रहेगा और खूब ऐश-मौज करेगा। लेकिन ऐसी स्थिति में अर्थव्यवस्था का सत्यानाश हो जाएगा और प्रोडक्टिविटी समाप्त हो जाएगी। सभी बड़ी-बड़ी इंडस्ट्रीज धीरे-धीरे बन्द हो जाएँगी। और क्योंकि कोई मजदूरी नहीं करेगा ऐसे में हर स्तर का उत्पादन खत्म हो जाएगा और देश आर्थिक आपातकाल में चला जाएगा।"

जवाब सुनकर नरेन मन्द-मन्द मुस्कराकर उस युवती से बोला, "शाबाश! बहुत तार्किक ढंग से तुमने सही जवाब दिया है। लगता है खूब दिल लगाकर पढ़ती हो...!"

युवती ने नरेन की ओर मुखातिब होकर हिम्मत जुटाकर पूछा, "अगर आप बुरा न मानें तो एक बात पूछूँ!"

नरेन ने झट से कहा, "हाँ...हाँ...क्यों नहीं...!"

युवती ने पूछा, "आपको तो अर्थशास्त्री होना चाहिए, आपने क्या अर्थशास्त्र से पढ़ाई की है?"

नरेन को उस युवती से बात करते हुए काफी अच्छा लग रहा था। उसने कहा, "हाँ।"

"...ओ...इसीलिए आप...!"

नरेन ने उस साँवली-सी लड़की को कनखियों से देखा। साँवला रंग, पतली नाक, खूबसूरत आँखें और माथे पर लगी एक छोटी-सी बिन्दी जो उसकी खूबसूरती को चार चाँद लगा रही थी। हल्के गुलाबी सूट में वह युवती बेहद आकर्षक लग रही थी। इतने में बस कंडक्टर की कर्कश आवाज..."पिपरा उतरनेवाले गेट पर आइए"। जब बस आगे बढ़ी तो नरेन ने उस लड़की से पूछा, "तुम्हारा नाम जान सकता हूँ?" युवती ने जवाब दिया, "अपूर्वा!"

नाम सुनकर नरेन ने कहा, "अरे वाह! काफी सुन्दर नाम है।"

युवती ने शरमाते हुए कहा, "जी धन्यवाद!" फिर नरेन ने कहा, "सुनो अपूर्वा, तुम पूर्णिया में कहाँ रहती हो?"

अब अपूर्वा को जैसे भीतर से ज्यादा हिम्मत मिल गई। उसने कहा, "जी कालीबाड़ी चौक के पास मन्दिर से सटी दाहिनी तरफ वाली गली के चौथे मकान में..."

नरेन फिर बोला, "लेकिन गली के नुक्कड़ पर तो परशुराम गुप्ता जी का बड़ा-सा जनरल स्टोर है।"

अपूर्वा ने हँसते हुए कहा, "जी, वो मेरे पिताजी हैं।" सुनकर नरेन आश्चर्य-भरी नजरों से उसे देखते हुए बोला, "अच्छा! क्या तुम्हारी शादी हो गई है? अपूर्वा ने 'ना' में सिर हिलाते हुए जवाब दिया।

नरेन को लगा कि उसने यह पूछकर अच्छा नहीं किया क्योंकि अपूर्वा के चेहरे की भाव-भंगिमा बदल चुकी थी, मानो इस सवाल के जवाब के लिए उसे असहनीय पीड़ा के बीच से गुजरना पड़ा हो। फिर

नरेन ने बात को दूसरी ओर मोड़ते हुए पूछा, "तुम हमेशा बस से ही आती-जाती हो?"

अपूर्वा ने कहा, "नहीं, मैं अक्सर सुबह वाली ट्रेन से ही जाती हूँ, कभी-कभी बस से जाना होता है।" नरेन मन-ही-मन मुस्कराकर रह गया।

"आप क्या करते हैं?" अपूर्वा ने पूछा।

नरेन ने हँसते हुए कहा, "मैं यहीं मधेपुरा में जिला सांख्यिकी विभाग में पोस्टेड हूँ।" फिर नरेन ने हिम्मत जुटाकर पूछा, "तुम्हारे घर में और...?" बीच में ही अपूर्वा बोल पड़ी, "जी मुझसे बड़े एक भाई हैं। उनका नाम प्रभाकर है और वे कोलकाता में गारमेंट्स के थोक विक्रेता हैं। एक भाई मुझसे छोटा है जो बी.ए. फाइनल ईयर में है।

नरेन ने फिर से शादी के बारे में पूछा, "तुम्हारे लिए रिश्ते की बात तो घर में होती होगी न?" अपूर्वा के चेहरे पर नरेन को फिर से दर्द की रेखाएँ दिखाई देती हैं, लेकिन इस बात की अनदेखी कर फिर पूछता है, "क्यों, कोई ढंग का लड़का नहीं मिल रहा तुम्हारे पिताजी को?"

अपूर्वा ने उदासी को चेहरे से हटाते हुए हल्की मुस्कान के साथ कहा, "जी मिलते तो हैं लेकिन जितनी बड़ी नौकरी उतना ही बड़ा मुँह...!" आगे उसने कहा, "आप तो जानते ही हैं कि सरकारी नौकरी का मतलब होता है कि लड़के के पिता ने उस पर नर्सरी से लेकर बड़े कॉलेज, फिर बड़े शहरों में रहकर कंपटीशन की तैयारी में जितना इनवेस्टमेंट किया होता है, उसका सूद जोड़कर दहेज की माँग करते हैं। सरकार ने दहेज लेनेवालों के लिए कानून बना रखा है लेकिन सिर्फ कहने भर के लिए। आईएएस, इंजीनियर, डॉक्टर, सबसे महँगे बिकते हैं। ऊपर से लड़की का गोरी और खूबसूरत होना भी अनिवार्य होता है। मुझे साँवले होने का परिणाम भुगतना पड़ रहा है। हालाँकि मुझे कोई फर्क नहीं पड़ता लेकिन मेरे रिश्तेदारों व पड़ोसियों को इससे काफी फर्क पड़ता है।"

तभी बस कंडक्टर की चुभती हुई आवाज आती है, "चलिए,

यूनिवर्सिटी वाले गेट पर आ जाइए।" अपूर्वा हड़बड़ाते हुए हाथ जोड़कर कहती है, "अच्छा चलती हूँ।" फिर वह उतरने लगती है तो नरेन भी उसके पीछे यूनिवर्सिटी बस स्टॉप पर ही उतरकर रिक्शा लेकर अपने ऑफिस की ओर चल देता है।

रास्ते-भर नरेन अपूर्वा के बारे में सोचता हुआ कब ऑफिस पहुँच जाता है पता ही नहीं चलता। वह मन-ही-मन मुस्करा रहा था, पता नहीं क्यों...!

समय बीतता गया। नरेन कभी ट्रेन तो कभी बस से ऑफिस आता-जाता रहा लेकिन उसकी मुलाकात फिर अपूर्वा से नहीं हुई। एक वर्ष के बाद एक दिन नरेन जब मधेपुरा से वापस पूर्णिया की शाम पाँच बजे वाली बस पर चढ़ने को हुआ तभी पीछे से आई बहुत सारे छात्रों की भीड़ में वह फँस गया। किसी तरह बस में प्रवेश किया तो उसकी सीट कंडक्टर ने पहले से सुरक्षित कर रखी थी। नरेन ने कंडक्टर से पूछा, "क्यों भाई रामदयाल, आज छात्रों की इतनी भीड़ क्यों है?"

कंडक्टर ने जवाब दिया, "सर, आज कॉलेज में कोई प्रतियोगी परीक्षा थी इसलिए आज कुछ ज्यादा ही भीड़ है।"

बस पूरी तरह ठसाठस भर चुकी थी। कुछ देर बाद बस चल पड़ी। लड़के-लड़कियों की बहस चल रही थी किसी प्रश्न को लेकर। तभी पास खड़े एक छात्र से नरेन ने पूछा, "क्यों भाई, कौन सा एग्जाम देकर आ रहे हो?" छात्र ने जवाब दिया, "बीपीएससी की मुख्य परीक्षा थी।" सुनकर नरेन बोला, "अच्छा! जरा प्रश्न-पत्र दिखाना।" छात्र ने झट से प्रश्न-पत्र उसे दिखाया। कुछ देर के बाद नरेन ने उस छात्र से एक प्रश्न का जवाब पूछा तो वह हिचकिचाते हुए बोला, "अरे जो लिखना था सो लिख दिया।"

तभी पीछे से आवाज आई, "आज पाला पड़ा है असली गुरु से...! अब होगा असली...से भेंट!!"

नरेन अपने ही धुन में था सो उस युवती की आवाज को वह पहचान नहीं सका। बगल वाले छात्र ने विस्तार से जवाब दिया तो नरेन बहुत खुश हुआ और बोला, "ये हुई न बात! गॉड ब्लेस यू माई डियर स्टूडेंट। तुम जरूर सफल होगे।"

लड़के ने कहा, "धन्यवाद सर!" सभी लड़के चुप हो चुके थे।

तभी पीछे से साइड प्लीज कहती हुई एक युवती भीड़ को चीरते हुए नरेन के बगल में आ खड़ी हुई, "नरेन जी! मुझे पहचाना?"

नरेन ने मुड़कर देखा तो साँवली काया वाली एक बेहद खूबसूरत लड़की उसके बगल में खड़ी थी और बस के हिचकोले में उसका शरीर नरेन के शरीर से स्पर्श कर रहा था। हालाँकि नरेन को पहचानने में कुछ देर लगी लेकिन वह मुस्कराते हुए बोला, "ओह अपूर्वा तुम, तो पीछे से तुमने ही बोला था!"

अपूर्वा ने जवाब दिया, "जी सर!"

नरेन के पास बैठे छात्र ने उठकर अपूर्वा से बैठ जाने का आग्रह किया। फिर अपूर्वा उस छात्र को धन्यवाद कहकर नरेन के बगल वाली सीट पर बैठ गई। नरेन ने अपूर्वा की ओर मुखातिब होकर पूछा, "कहाँ थी इतने दिनों तक, बीच में कभी देखा नहीं!"

"सर वो..."

बीच में ही बात काटते हुए नरेन ने कहा, "तुम मेरा नाम जानती हो न...फिर ये सर किसलिए?"

अपूर्वा के भीतर अचानक मानो भूचाल मच गया हो। वह बिना पलक झपकाए नरेन को देखे जा रही थी। नरेन ने आश्चर्यचकित होकर उसके चेहरे को देखा...दर्द की वही रेखाएँ...अपूर्वा अपने भीतर भूचाल...नहीं... नहीं...खिंचाव...नहीं...शायद प्रेम...महसूस कर रही थी।

नरेन ने एक बार फिर अपूर्वा से पूछा, "क्या तुम्हारी शादी अब तक फाइनल नहीं हुई?" फिर नरेन सँभलते हुए बोला, "सॉरी,...कुछ महीने

पहले मैं कोई सामान लेने आपके पिताजी के जनरल स्टोर पर गया था तो पता चला कि हार्ट अटैक से उनकी मृत्यु..."

इतना सुनते ही अपूर्वा की आँखों में फिर से...।

नरेन हिम्मत जुटाकर अपूर्वा के सिर पर हाथ रखकर उसे सान्त्वना देने लगा। कुछ देर के लिए अपूर्वा ने भी अपने सिर को नरेन के कन्धे से सटा दिया और सामान्य होते हुए नरेन से पूछा, "आपके कितने बच्चे हैं? बहुत भाग्यशाली होगी आपकी पत्नी। आप बहुत प्यार करते हैं न अपनी पत्नी से...!"

नरेन बोला, "हाँ करता तो हूँ लेकिन अब तक उससे शादी नहीं की है।"

अपूर्वा झट से अलग होते हुए बोली, "इसका मतलब...?"

नरेन मुस्कराते हुए बोला, "मान लो कोई बिना तिलक-दहेज लिये तुमसे शादी करना चाहे तो...???"

सुनते ही अपूर्वा का पूरा बदन काँप गया और वह थरथराती हुई आवाज में बोली, "फिर इतनी देर क्यों की आपने?"

वह नरेन की छाती पर सिर रखकर सुबकने लगी। छात्रों की सामूहिक तालियों से दोनों की तंद्रा भंग हुई। हड़बड़ाते हुए दोनों एक-दूसरे से अलग होते हुए सँभल पाते कि तभी ताली बजाते हुए छात्रों के झुंड ने नरेन और अपूर्वा को घेर लिया। एक छात्र ने कहा, "आप नरेन जी हैं न यूनिवर्सिटी के इकोनॉमिक गोल्ड मेडलिस्ट और...!" नरेन ने कहा, "हाँ।"

फिर उस छात्र ने पूछा, "इसका मतलब यह वही लड़की है जिसका जिक्र आपने अपनी हालिया में छपी एक कहानी में किया है, बोलिए न..."

इस बार नरेन ने दृढ़...नहीं-नहीं...ढीठ होकर कहा, "हाँ बेशक, अपूर्वा वही लड़की है...लड़की नहीं बल्कि...। मैंने उस कहानी में कुछ भी झूठ नहीं लिखा है। सचमुच, पहली मुलाकात से ही मैंने खुद के

भीतर अपूर्वा के प्रति एक खिंचाव-सा महसूस किया है। इतना सुनते ही अपूर्वा लोक-लाज की परवाह किये बगैर नरेन से लिपट गई। बेसुध होकर रोने लगी...अँधेरा हो चुका था। बस तेज रफ्तार से भागी जा रही थी और दोनों हमसफर एक-दूसरे का हाथ थामे एक-दूसरे को निहार रहे थे। दोनों को जैसे अपनी मंजिल मिल चुकी हो।

भला कीजिए, भला होगा

अगहन-पूस का महीना गाँव के लिए प्रकृति का वरदान होता। गाँव में रहनेवाले सभी स्तर के लोगों में खुशहाली और सम्पन्नता दूर से ही दिखती है, भले ही यह कम दिनों के लिए हो। शायद तभी तो गाँव में यह कहावत कि—अगहन महीने में मूसा (बड़ा प्रजापति का चूहा) को भी सात कनिया अर्थात घरवाली होती है, दूसरी ओर यही बात मुसहर जाति के मर्द के लिए भी कही जाती है। धन-धान्य से परिपूर्ण यह महीना अमीर-गरीब की दूरी को मिटानेवाला होता है। मजदूरी करनेवाले के घर में भी खूब सारा धान, चावल और नये धान का चिऊड़ा होता है और दुर्बल, मरियल काया के आदमी के चेहरे पर भी हरियाली नजर आती है। हालाँकि एक आदमी अपवाद है, नामी चोर बहदूरवा यानी 'रविन्दरा'। उसको छोड़कर गाँव के सभी लोग प्रायः कोई-न-कोई काम करते हैं। लेकिन जिसे बिना मेहनत किये हराम की खाने की आदत पड़ जाए तो उसके लिए अगहन-पूस का कोई औचित्य नहीं होता।

रविन्दरा के पिता गनौरी मंडल बड़े मेहनती और भले आदमी थे। उन्होंने अपने पूरे जीवन में सिर्फ भला काम ही किया था, कभी किसी का अहित नहीं किया। मेहनतकश इनसान के रूप में पूरे गाँव-समाज में अपनी अलग पहचान बनाई थी लेकिन उनका बेटा ठीक उनके विपरीत...!

ननकू ततमा रग्घु मंडल का चौकीदार है और अपने मालिक का वफादार भी। इसीलिए तो रग्घु उस पर आँख मूँदकर विश्वास करता है। धन कटनी के समय ननकू ततमा का चेहरा तमतमाया रहता है और ऐसा हो भी क्यों न! खेत-खलिहान, फसल कटाई और फिर उसकी पहरेदारी कोई आसान काम है क्या? एक बात और इसी महीने में चोरी-चकारी ज्यादा होती है। ऐसे में ननकू खेत के बीचोबीच टप्परनुमा झोंपड़ी बना उसमें ढेर सारी पुआल (बराली) डालकर उसके ऊपर बिछावन, कम्बल के साथ रात को अकेले सोता है। सोता क्या पहरेदारी करता है। वह तीन सेल वाली तेज रौशनी की टॉर्च में सुतली लगाकर उसे अपने सीने के बीचोबीच लटका लेता है और जरा-सी आहट सुनकर उस दिशा में टॉर्च जलाकर जोर से चिल्लाता..."कौन है उधर रे...तीर चला देंगे अगर कोई हमारे खलिहान से एक तिनका भी उठाया तो।"

ननकू जानता है कि जिस रात को घना कुहासा रहता है उस रात को रविन्दरा की खूब चाँदी कटती है। धान का पत्तन पूरे खेत में फैला रहता है और रविन्दरा ठहरा शातिर चोर...अँधेरे में पैर दबाकर बगल से कुछ भी उठाकर बड़ी आसानी से निकल जाता है। ऐसे ही एक रात को पहरेदारी करते समय जब ननकू खैनी चुनियाते हुए एक हथेली पर दूसरी हथेली से खैनी झाड़ने के लिए धपधपाता है, तो उसे लगता है जैसे कोई और भी उसके साथ धपधपा...! उसके मन में अनेक प्रकार की आशंकाएँ उत्पन्न होने लगती हैं। कभी रविन्दरा चोर तो कभी शैतान अर्थात पिशाच...!

दस बीघे का धान कटकर खेत में पड़ा है और सारी जिम्मेदारी उसके ऊपर...तिस पर उसकी पत्नी गीता की देह गन्ध वाली चादर उसके मन को घर की ओर खींच रही है। उसके सामने धर्मसंकट...उसे बार-बार दैहिक लोभ के प्रति एक खिंचाव महसूस हो रहा है। वह मन-ही-मन सोचता है कि बीच में एक बार अपनी गीता से मिल आए लेकिन वह ऐसा नहीं करता है। शारीरिक रूप से वह काफी मजबूत है। एक रात की

गई रविन्दरा की करतूत वह सपने में भी नहीं भूल सकता है...! हालाँकि वह रविन्दरा से डरता नहीं है।

पिछले साल जब वह गमकौआ धान कनक जीरा की पहरेदारी कर रहा था तो काफी कुहासा गिर रहा था, ऐसा कि एक हाथ दूर भी कुछ नजर नहीं आता था। चारों ओर मानो सफेद चादर बिछी हो। तभी ननकू ने किसी की पदचाप सुनकर सावधान होते हुए तेज आवाज लगाई, "कौन है रे...? जल्दी बोल नहीं तो भाला फेंक देंगे..." तुरत उधर से जवाब आया..."मैं हूँ ननकू भाई, रविन्दरा।"

ननकू अपने मुँह से खैनी वाली कच्ची थूक को पच से फेंकते हुए बोला, "ऐतना कुहास में...इरादा ठीक तो है...?"

रविन्दरा बोला, "सब ठीक है।" फिर वह बुझे हुए अलाव में कुछ लकड़ी और खर-पतवार डालकर ननकू से सलाई माँगता है। इसके बाद वह अलाव सुलगाने लगता है। ननकू भी अपनी झोंपड़ी से बाहर निकलकर अलाव तापता है, उसकी नजर रविन्दरा के हाथ में मसले हुए गाँजे पर जाती है। वह कुछ नहीं बोलता है। तभी रविन्दरा अपनी जेब से लकड़ी की छोटी-सी कटना और चाकू निकालता है और उस पर गाँजा रखकर काटने लगता है। ननकू से अब रहा नहीं जाता, वह कहता है, "यही पीने के लिए गाँव से इतनी दूर सुनसान जगह में आया है रे लुच्चा।"

रविन्दरा गाँजा को चिलम में डालकर ननकू को ऊपर से आग की डंठल सटाने को बोलता है। ननकू वैसा ही करता है। रविन्दरा लम्बा सुट्टा मारते हुए उजला गाढ़ा धुआँ फेंकते हुए बोलता है, "लो भैया, आप भी भोलेनाथ का प्रसाद थोड़ा चख लो, कसम से इस ठंडी में पूरे शरीर में गर्मी आ जाएगी।"

ननकू हड़बड़ाते हुए कहता है, "नहीं...नहीं...मैं नहीं लूँगा, मुझे नशा लग जाएगा, और तुम तो जानते हो मालिक और गीता को पता चल गया तो...!"

रविन्दरा फिर दूसरा सुट्टा मारते हुए कहता है, "अरे कुछ नहीं होगा, किसी को कुछ भी पता नहीं चलेगा, तुम एक सुट्टा मारो तो सही।"

बहुत सोच-समझकर अपने थरथराते हुए हाथ चिलम की ओर बढ़ाते हुए ननकू कहता है, "हे महादेव, इज्जत बचा लीजिएगा।" सुट्टा मारते ही खों...खों...खों...करने लगता है, उसके शरीर में कम्पन होने लगता है और आकाश, पाताल मानो सब घूमने लगता है। वह रविन्दरा से कहता है, "अब तुम जाओ, और सीधे घर जाना कहीं किसी के घर सीन काटने मत चले जाना (फूस घर की टाट को काटकर एक माँद बनाकर फिर उससे किसी के घर में प्रवेश कर चोरी करना)।"

रविन्दरा जवाब देता है, "नहीं! नहीं! आज तो ऐसा कुछ नहीं करेंगे, लेकिन कुछ न कुछ तो जरूर करेंगे।" और वह धीरे से वहाँ से निकल जाता है, निकल क्या जाता है बीच खेत में जाकर गमकौआ धान का एक मजबूत बोझा बाँधकर नहर की तरफ चल देता है। वहाँ वह धान को पैर से रगड़कर झाड़ लेता है, फिर बोरी में भरकर अपने घर की ओर चल देता है।

इधर ननकू नशे में ऐसा बेसुध हुआ कि सुबह उसके मालिक रग्घु मंडल ने आकर खुद उसे जगाया। आँख मलकर हड़बड़ाते हुए जब वह उठा तो सामने मालिक खुद खड़े थे और दिन चढ़ चुका था लेकिन कुहासे की वजह से सूरज ढका था। वह कुछ बोल पाता इससे पहले ही रग्घु मंडल पूछते हैं, "रात को यहाँ रविन्दरा आया था क्या? धान बीच खेत से चोरी कैसे हुआ?"

ननकू को समझते देर नहीं लगती, अपने मालिक को रात वाली सभी बात बता देता है। इसके बाद रविन्दरा के घर के पिछवाड़े से पुआल में छुपाकर रखी गमकौआ धान की बोरी बरामद...तब तक रग्घु मंडल का छोटा भाई नरेश उसे दो-चार झापड़ मार देता है। रविन्दरा सच कबूल कर लेता है और बोलता है कि छोटकी बहन के घर नवान अर्थात नये

अन्न का चिऊड़ा और लाई लेकर जाना था सो इसीलिए...।

रग्घु मंडल को उस पर दया आ जाती है और वह उसे यह कहते हुए छोड़ देता है कि तुम्हारी बहन हमारे गाँव की बेटी, बहन, सवासिन हुई तो तुम चोरी करने के बजाय हमसे माँग भी तो सकते थे।

रविन्दरा रग्घु मंडल के पैर पकड़कर माफी माँगते हुए कहता है, "अब मुझसे ऐसी गलती कभी नहीं होगी, अब मैं गाँव में कहीं भी चोरी नहीं करूँगा।"

लेकिन एक टीस रविन्दरा के मन में चुभ रही थी, वह यह कि ननकू ततमा के कारण ही आज भरे गाँव के लोगों के बीच उसे बेइज्जती सहनी पड़ी वरना किसकी मजाल जो रविन्दरा का चुराया हुआ माल बरामद कर ले।

इस घटना के ठीक एक सप्ताह के बाद ननकू ततमा का खस्सी गायब हो गया सो उसकी पत्नी गीता दहाड़े मारकर छाती पीटती हुई गालियाँ दिये जा रही थी—"जो रे मुँहझौसा...तोरा पर बज्जर गिरतौ रे... जो रे टिकझूलना...तोरा कोंढी फुटतौ रे...हमर पालल-पोसल सुगना... हौबा...हे" जिनपीर बाबा (ग्राम देवता) को सुमिरन करके बोलती है, "जो मेरे खस्सी को चुराया है, वह खून की उलटी करके मरे...!"

रविन्दरा वाली घटना से ननकू ततमा को एक बड़ा सबक मिला था। तब से वह खेत की पहरेदारी करते समय किसी को भी अपने आसपास फटकने नहीं देता था। उसका बेटा सनातन सात साल का हो गया था सो उसके मालिक रग्घु ने उसका दाखिला पास के ही शहर के एक स्कूल में करवाकर उसे हॉस्टल में रखवा दिया था। बेटे के हॉस्टल जाने के बाद ननकू ततमा दो-चार दिनों तक गुमसुम रहा...उसका जी किसी काम में नहीं लग रहा था और उधर उसकी पत्नी गीता उसे समझा-समझाकर थक चुकी थी। अब ननकू ततमा को खेत की पहरेदारी से मुक्ति मिल चुकी थी। फसल तैयार होकर मालिक के बड़े-बड़े बखारी और कोठी

में जा चुकी थी। किन्तु एक नई जिम्मेदारी सुबह-सुबह उठकर गेहूँ के खेत में चिरई-चुनमुन उड़ाने का उसे मिल गया था।

एक दिन सुबह-सुबह जब वह खेत जा रहा था तभी उसकी नजर रविन्दरा के घर के आसपास इकट्ठा हुए लोगों पर गई। उसने अघोरी दास से पूछा, "क्या बात है अघोरी चाचा यहाँ इतनी भीड़ काहे लगी है..."

अघोरी दास ने कहा, "रविन्दरा की हालत खराब है, वह खून की उलटी कर रहा है।"

इतना सुनते ही ननकू को समझते देर न लगी। वह तेज कदमों से अपने घर की तरफ लौटा और अपनी पत्नी गीता से बोला, "चलो लगता है कि जिनपीर बाबा ने तुम्हारा कबुला-पाती स्वीकार कर लिया है... रविन्दरा को खून की उलटी हो रही है...जल्दी चलो।"

कुछ देर में जैसे ही दोनों ने रविन्दरा के आँगन में प्रवेश किया, वैसे ही रविन्दरा की पत्नी सुलोचना गीता के पैरों पर गिरकर बोली, "बहन, बचा लो मेरे पति को..."

गीता चापाकल के पास जाकर हाथ धोई फिर देवता घर में जाकर उसने फिर से जिनपीर बाबा से कहा, "हे जिनपीर बाबा, मैं अपना शाप व कबुला-पाती वापस लेती हूँ। मैंने तो बस गुस्से में आकर चोरी करनेवाले को शाप दिया था। हे देव, इसे माफ कर दो।"

कुछ देर वहीं ध्यान करने के बाद जब वह वापस आँगन में लौटी तो रविन्दरा आँखें खोलकर अपने बिछावन पर से ही दोनों हाथ जोड़कर गीता से माफी माँग रहा था। उसकी आँखों से आँसू बह रहे थे। गीता ने ऐसा करने से मना करते हुए अपने सिर पर घूँघट लेते हुए कहा, "चोरी-चकारी से भला कभी किसी का भला हुआ है? न कभी घर में वृद्धि-बरक्कत होती है और न ही सुख-शान्ति मिलती है। तुम खेती-बाड़ी नहीं करते फिर भी किसिम-किसिम का पतला और गमकौआ धान तुम्हारे पिछवाड़े में अरवा, ऊसना कर सुखाया जाता है जो कि किसी और के

हक का अनाज होता है। उसमें खेती करनेवालों की मेहनत-मजदूरी लगी होती है सो जिसका फसल चोरी होगा उसका हाय तो लगेगा ही न... भला कीजिए, भला होगा..."

फिर हाथ जोड़कर वह अपने पति ननकू के साथ वहाँ से घर की ओर चल देती है। ननकू को जब वह खेत जाने को कहती है तो झट से ननकू कहता है, "एक चीज तो मैं घर पर ही भूल गया।"

गीता पूछती है, "क्या?" तो ननकू जवाब देता है, "शकरकन्द और क्या?" गीता हँसते हुए सात-आठ शकरकन्द एक छोटी-सी पोटली में बाँधकर उसके हाथ में दे देती है। गेहूँ के खेत में सुबह-सुबह चिरई-चुनमुन को उड़ाने में हास...हुस...करते कभी इस मेड़ पर तो कभी उस मेड़ पर भागते हुए वह थक जाता है। ऊपर से शीतलहर का प्रकोप...ऐसे में अलाव जलाकर उसमें शकरकन्द...उसके मुँह में पानी आ जाता है।

रविन्दरा उसी दिन शाम को रग्घु मंडल के घर जाकर सीधे उनके पैर पर गिरकर रोता है और दोनों हाथ जोड़कर कसम खाता है कि जीवन में वह कभी चोरी-चकारी नहीं करेगा, फिर रोते हुए वह रग्घु मंडल से बोलता है, "मालिक, मुझे भी अपना सिपाही रख लीजिए, कभी शिकायत का मौका नहीं दूँगा, जिनपीर बाबा की कसम खाता हूँ। मालिक मुझे अपनी शरण में जगह दीजिए।"

रग्घु मंडल को उस पर दया आ जाती है। वे रविन्दरा को अगले दिन से काम पर आने को कहते हैं...गाँव के सभी लोग रविन्दरा के हृदय परिवर्तन से काफी खुश होते हैं और रग्घु मंडल की खूब तारीफ करते हैं। और तारीफ क्यों न करें? रग्घु बाबू ने अपने पूरे जीवन में सिर्फ दूसरों की भलाई करना ही अपना कर्तव्य समझा है। यह सब देखकर ननकू और गीता की आँखों में आँसू आ जाते हैं।

रविन्दरा ननकू ततमा के पास आ हाथ जोड़कर माफी माँगते हुए कहता है, "गलती-सलती, कहा-सुना माफ कीजिए।"

ननकू उसे गले लगा लेता है और बोलता है, "चलो अच्छा हुआ, एक से भले दो हुए।" इस दृश्य को देखकर गाँववालों की आँखें गीली हो जाती हैं।

उस रात को गीता अपने टिन के बक्से को खोलकर इश्नो पाउडर, जिसे उसने फारबिसगंज के मेले से खरीदा था, को निकालकर अपने चेहरे पर लगाती है और लाल रंग की साड़ी पहने बिछावन पर अपने पति ननकू ततमा के आने का इन्तजार करने लगती है। लालटेन की मद्धिम रौशनी में उसकी लाल साड़ी छटक रही है। कुछ ही देर में ननकू कुछ बोलते-बड़बड़ाते हुए जब कमरे में प्रवेश करता है और उसकी नजर बिछावन पर अनजान बनकर सोई गीता पर पड़ती है तो उसका कलेजा धक-धक करने लगता है। उसकी साँसें तेज हो जाती हैं। उसके पूरे शरीर में कम्पन होने लगता है। वह गीता को एकटक देखे जा रहा है। गीता के लम्बे-खुले काले बालों के बीच से उसका गोरा चेहरा ननकू को ऐसा प्रतीत हो रहा है जैसे आसमान में छाए काले बादलों के बीच से चाँद! उफ...ननकू बहुत दिनों से बर्दाश्त करता आ रहा है, आज वह कुछ नहीं सुनेगा। किसी की बात आज वह नहीं सुनेगा। सिवाय अपने दिल और गीता के...आठ साल पहले जब वह गीता को ब्याह कर लाया था, आज गीता हू-ब-हू वैसी ही खूबसूरत दिख रही थी। वह मन-ही-मन सोचता है कि बेसुध होकर सोई कोई औरत इतनी खूबसूरत भी लग सकती है। वह धीरे-धीरे उठकर थरथराते हुए हाथों से किवाड़ की कुंडी लगाता फिर धीरे-धीरे गीता के करीब पहुँचता है तो खुशबू से...नहीं मादकता भरी खुशबू...उसे खुद पर काबू मुश्किल हो जाता है जैसे...। तभी गीता उसके दोनों हाथ पकड़कर अपनी ओर खींचते हुए कहती है, "अरे ओ मेरे कालिदास! आइए, अब दूसरी फसल की तैयारी करते हैं।" फिर दोनों आलिंगनपाश में एक-दूसरे को कसते हुए...!

तर्पण

सावन-भादो का महीना। आसमान में आच्छादित काले मेघ उमड़-घुमड़कर वातावरण को और भी भयानक...। आसमान में रह-रहकर बिजली की आड़ी- तिरछी, पतली रेखाएँ उभर जातीं, फिर भयानक गर्जना कड़... कड़..कड़ाक! मानो पास ही कहीं तड़का गिरा हो। तिसपर मूसलाधार बारिश। बारिश नहीं...मानो आसमान में सूराख हो गया हो...।

तेज हवा के झोंके से मेरी टेबल पर रखी लालटेन की मरियल रौशनी भुकभुकाकर कभी-कभी तेज हो जाती...लालटेन का शीशा बारह आना कालिख से बिलकुल आसमानी काले बादल की तरह ही...दम तोड़ने को आतुर लालटेन की रौशनी। बाहर एकदम घुप्प अँधेरा। चारों तरफ सन्नाटा ही सन्नाटा। इस भयावहता के बीच अगर कुछ अच्छा लग रहा था तो वह थी माटी की सोंधी खुशबू।

फिर जोर की बिजली...तड़-तड़-तड़...तड़ाक। इस बार पड़ोसी का बच्चा हदस कर रोने लगा...हौ बा मैया गे...आब नैंय बचवौ..बाबा हो! मैया गे...।

तड़का बिलकुल पास ही गिरा था। मेरी पत्नी भी हड़बड़ा के बिछावन पर उठ बैठी और मुझे जगा देखकर बोली, “सुनते हो जी, लगता है सनिचरा का बेटा रो रहा है, लगता है कि तड़का उसके पिछवाड़े के आसपास ही कहीं गिरा है...।” मैंने भी उसकी बातों में अपनी सहमति जताई।

लालटेन की हल्की रौशनी में मेरी पत्नी सुनीता का चेहरा चमक रहा है, ठीक आसमानी आड़ी-तिरछी बिजली की रेखाएँ हों जैसे। कुछ देर के लिए भयावहता को भूल सुनीता की सुन्दरता से मंत्रमुग्ध मैं उसे निहारता रहा...। अस्फुट स्वर में सुनीता ने कहा, "घूरते काहे हैं कालिदास जी...।" मैंने उसे अपनी ओर खींचते हुए कहा, "आज तुम लाल साड़ी में काफी जँच रही हो।" फिर अचानक भयानक गर्जना आसमान में हुई...नहीं... मेरे आँगन में...नहीं..नहीं...मेरे घर में...सुनीता बुरी तरह डरकर मुझसे लिपट गई...अतृप्त प्राणी को जैसे...। और मैंने मन-ही-मन मेघराज का अभिनन्दन किया।

मैं सुनीता को बेहद प्यार करता था। हमारी शादी को तीन वर्ष ही हुए थे। मैं जब भी नौकरी के लिए शहर जाने की बात करता, वह अपनी कसम दे डालती और मैं नि:शब्द होकर रह जाता। गाँव में ही बच्चों को ट्यूशन पढ़ाना शुरू किया। शुरू में कम बच्चे आए लेकिन कुछ दिनों बाद बच्चों की बढ़ती संख्या की वजह से मैंने तीन शिफ्ट में ट्यूशन पढ़ाना शुरू कर दिया। आमदनी भी हो जाती है और मुझे सन्तुष्टि भी मिलती है कि गाँव के बच्चे अधिक संख्या में पढ़ाई में रुचि ले रहे हैं।

सुबह पता चला कि सनिचरा के बेटे रवि को रात में सचमुच बिजली का झटका लगा है और गाँव के कुछ लोग उसे पास के डॉक्टर के पास ले गए हैं। साथ ही कुछ लोगों को ये बातें करते भी सुना कि तड़का का झटका नहीं लगा है बल्कि डर से हदस गया है बस।

मन को थोड़ा सुकून मिला।

गीली पुरवैया हवा के साथ आसमान अब भी साफ नहीं हुआ था, और न ही मेरा मन...।

सुनीता के साथ रात को...

हमारी शादी को तीन साल होनेवाले हैं और अब तक सुनीता माँ नहीं बन सकी है। गाँव की औरतें आपस में अजीब-अजीब बातें करती हैं। किसी की नजर में सुनीता बाँझ है तो किसी को मेरी मर्दानगी को लेकर शक...।

आज गाँव-भर की महिलाओं एवं पुरुषों के द्वारा ग्रामदेवता के थान पर सामुदायिक पूजन एवं कीर्तन का आयोजन है। गाँव-भर में भंगा ढोल (फटा ढोल) के नाम से मशहूर श्यामलाल घर-घर जाकर लोगों से कह रहा है, "आज शाम को सभी लोग ग्रामदेवता के थान पर इकट्ठा होकर पूजा-पाठ करें...तीन कीर्तनी मंडली के द्वारा सामुदायिक रूप से कीर्तन किया जाएगा...। गाँव में अपरूपी घटना घट रही है...उसके निदान के लिए सभी लोग शाम को पूजा में दान-दक्षिणा देकर ग्रामदेवता को खुश करें...।"

अपने खेत की ओर जाते समय इन्नर के दलान के पास कुछ औरतों की ठिठोली सुन बगल के गुलमोहर गाछ के पास उसकी ओट में ठिठककर मैं उनकी बातें सुनने लगा। एक कह रही थी, "अरे पाप करे कोई और भरे कोई...सनिचरा बेचारा बुढ़ापे में बेवा (बिधवा) इमरीती से चुमौना (शादी) किया, तिस पर दूसरी बिरादरी के साथ...अब देखना उसका बेटा रविया इसका फल भोगेगा...।"

तभी रमेश की औरत और चाशनी लगाई—"भरी जवानी है इमरीतीया की, तिस पर शरीर एकदम गठीला, और सनिचरा ठहरा पिलपिलाहा बुड्ढा...उसके बन्दूक का टोटा फिस्स...।"

फिर सभी सामूहिक रूप से जोरदार ठहाका लगाती हैं। तभी रासबिहारी की औरत रामपुरवाली जो मुँहफट तो है ही, साथ ही दूसरों की बुराई करने में भी अव्वल...बोली, "कैसा जमाना आ गया है। एक तो बिधवा ऊपर से ऊ भंगा ढोल (फटा हुआ ढोल)...श्यामलाल से फँसी हुई है। देखना सब पाप का असर उसके बेटा पर पड़ेगा।" तभी रामकिशुन की

औरत लाजवन्ती ने आँखें बड़ी-बड़ी करके बोलना शुरू किया, "अरे जोगेन्दर की मृगनैनी कल रात के बाद से ही घर से बाहर नहीं निकली है, निकलेगी भी कैसे...किस-किसको रोज अपनी कोख न भरने का सफाई देती फिरेगी।"

मैं अपनी पत्नी सुनीता के बारे में उनकी बातें सुनकर भीतर ही भीतर काफी क्रोधित हो गया। मन में आया लाजवन्ती की लाज आज उतार ही दूँ। और सबके सामने जाकर उसका और उसके भांजे नरेश का पाट खेत वाला लीला विस्तार से सबको बता दूँ...। जिसका खुद का कोई चरित्र नहीं है वह मेरी पत्नी पर बाँझ होने का आरोप लगाकर गाँव के वातावरण को दूषित करने में लगी है।

मेरी इन फालतू और फूहड़ औरतों की बातें सुनने की शक्ति जवाब दे गई थी। मेरा मन घिन और नफरत से पूरी तरह भीग चुका था, मैं अपने खेत की तरफ मुड़ गया।

खेत से घर लौटने के बाद भी मेरा मन काफी भारी था। मेरा उदास मन देखकर सुनीता से रहा न गया, उसने खाने की थाली मेरी तरफ बढ़ाते हुए हँसकर कहा, "क्या बात है मेरे कालिदास, ये मुँह क्यों लटका है... रात क्या कम पड़ गया था कुछ? मनाइए कि आज रात फिर बिजली...?" मैंने दबी नजर से देखा सुनीता का चेहरा लाजरूपी प्रेम मिश्रण से और भी निखर गया था।

शाम से ठीक पहले गाँव में एक अच्छी खबर आई। सनिचरा का बेटा एकदम ठीक-ठाक होकर लौट आया था। मन में आया कि उस औरत से जाकर पूछूँ कि क्या हुआ तुम्हारे चरित्रहीनता सर्टिफिकेट का? फिर सोचा कि मैला पर पत्थर फेंककर क्या फायदा?

शाम को ग्रामदेवता के थान पर पूरा गाँव उमड़ पड़ा। कीर्तन की तीनों मंडलियाँ वहाँ पहुँच चुकी थीं। सभी लोग प्रसाद और रुपये-पैसे चढ़ा रहे थे। मालीटोला की मंडली पंचु मालाकार ने गरदाकाट शुरुआत

की। सभी मंत्रमुग्ध होकर ताली बजा-बजाकर पंचु मालाकार की मंडली का उत्साहवर्धन कर रहे थे। भक्तिमय वातावरण पूरी तरह से तैयार हो चुका था।

इसी बीच गोसाईं टोला मंडली के जयनारायण और स्थानीय मंडल टोला की मंडली के मुनेश्वर में दक्षिणा में आए पैसों के हिस्से पर खटपट शुरू हो गई। मुनेश्वर ने जयनारायण से कहा, "देखो, हम अपने मंडल टोला के मुलगैन हैं और सभापति भी इसलिए दान में पड़ी आधी रकम मेरी मंडली की होगी और शेष आधी पर पंचू मालाकार की मंडली और तुम्हारी गोसाईं टोला की मंडली...।" पर जयनारायण एक नम्बर का जिद्दी और ढीठ...बोला, "देखो मुनेश्वर, तुम लोग जाति-पाँति का भेदभाव कर रहे हो। ऐसा करना उचित है क्या? और वैसे भी भगवान का चढ़ावा तो प्रसाद के समान होता है इसलिए बराबरी में बँटेगा, नहीं तो अपनी मंडली के साथ चले...।"

खैर, गोसाईं टोला के जयनारायण और स्थानीय मंडल टोला के भुनेश्वर को आखिर में समझौता करना पड़ा...।

जैसे ही दोनों की मंडली ने मालीटोला के पंचु मालाकार की मंडली के साथ मिलकर—तुम हो पालनहार, तेरी महिमा जग में अपार...गाना शुरू किया कि झमाझम बारिश शुरू हो गई। लोग तितर-बितर होने लगे। जल्दी-जल्दी आरती और कीर्तन समाप्त कर सभी अपने-अपने टोलों की ओर भीगते हुए भागे।

उस रात मैं सो नहीं पा रहा था। सिर्फ बारिश हो रही थी, बिजली नहीं चमक रही थी लेकिन मेरे भीतर तो मेघ की भीषण गर्जना और सतरंगी बिजली की चमक शरीर में करंट पैदा कर रही थी। इसी बीच सुनीता के हाथ का स्पर्श मेरे पैर पर हुआ...लगा जैसे तड़का गिर गया शरीर पर...।

"लाइए कालिदास जी, अपने पैर इधर दीजिए। मैं तेल लगाकर मालिश कर देती हूँ। वैसे भी कल रात को आपने काफी मेहनत किया

है।" फिर हँसकर उसने कहा, "और कहीं मालिश करवाना हो तो बता दीजिए मेरे कालिदास...!"

लालटेन की मद्धिम रौशनी में मैं सुनीता के चेहरे को देखता हूँ, उसके चेहरे का निखरा रूप, सौम्यता, शीलता और बहुत कुछ...वह मेरे सीने से चिपक गई...उफ...

धीरे-धीरे समय बीता। आज दो महीना हो गया। सनिचरा के बेटे को देखा साइकिल चलाकर गाँव में इधर-उधर चक्कर लगा रहा था। मुझे मन-ही-मन काफी प्रसन्नता हो रही थी और उन फालतू किस्म की औरतों के प्रति मन में अवसाद भी बढ़ रहा था, जिन्होंने इसे पाप का फल कहा था और इमरीती की गैरजाति और बिधवा विवाह से नाराज होकर श्यामलाल के साथ उसका गलत सम्बन्ध जोड़ा था। दरअसल, ये औरतें विधवा की शादी को सामाजिक वर्जनाओं में से एक मानती थीं इसलिए उनकी नजर में विधवा विवाह एक प्रकार का पाप था। इसीलिए वे इमरीती को ताना देती रहतीं, प्रताड़ित करती रहतीं...।

इसे संयोग ही कहा जाएगा कि आज जब रक्षाबन्धन के पवित्र त्योहार पर मैं इमरीती से राखी बँधवाने उसके घर पहुँचा तो वह श्यामलाल के हाथ पर राखी बाँध रही थी। भावुकता का एक तूफान मेरी आँखों के ऱास्ते बाहर आ निकला...। मैं अपने आँसू रोक नहीं पाया। और जब मैं राखी बँधवा के वहाँ से निकल रहा था तो गाँव-भर में बतकुइयाँ करनेवाले महिला गिरोह की एक सदस्या ने मुझे रोकते हुए कहा, "बधाई हो जोगेन्दर! अरे तुम पिता बननेवाले हो...सुनीता को चूड़ा मील में ही उल्टी होना शुरू हो गया...तीन-तीन बार उसने उल्टी किया। तुम दोनों तो बड़े छुपा रुस्तम निकले।"

मुझे लगा कि जैसे मेरे भीतर सैकड़ों शंख अनुगुंजित हो उठे हों। मैं चाहता था कि आसमान में उड़कर सुनीता के पास पहुँच जाऊँ... उससे आलिंगनबद्ध होकर उसके खूबसूरत चेहरे को खूब चूमूँ और गोद

में उठाकर खूब नाचूँ। तभी बारिश की बौछार फिर शुरू...नहीं...नहीं... यह प्रेम की बौछार है। और सच में मैं पागलों की तरह भागते हुए घर पहुँचा और तेजी से सुनीता को अपनी छाती से चिपका लिया। बिजली फिर जोर से कड़की और सुनीता ने और कस के मुझे जकड़ लिया फिर तुरत जकड़ ढीली करते हुए मेरे कान के पास बोली, "कालीदास जी, जरा धीरे से...अब तीसरा भी है...।"

कर्म का फल

घुप्प अँधेरा और हल्की बारिश। माटी की सोंधी खुशबू लालटेन की मद्धिम रौशनी...जिसका शीशा आधे से ज्यादा कालिख से काला हो चुका था। बैठक के बरामदे में लेटे-लेटे रामेशर बाबू की आँखों में अनगिनत बीते काल...और गाँव की उनकी मडरी...। क्या मजाल जो रामेशर बाबू से गाँव का कोई भी आदमी नजर मिला सके। एक तो जमींदारी की ठाठ तिस पर मडरी।

आसपास गाँव में कोई भी आपसी झंझट, केस फरियाद, या फिर फौजदारी का ही मामला क्यों न हो जब तक रामेशर बाबू के पास न जाओ या फिर उन्हें आदर के साथ न बुलाओ तब तक बात बनती नहीं थी बल्कि बिगड़ सकती थी। और लोग ज़ानते थे बुलावे में उन्हें क्या चढ़ावा चढ़ता है!

रंगरसिया मिजाज का होना भी कभी-कभी उनके लिए फायदेमन्द साबित होता। सभी जानते थे कि जग़देव की जवान विधवा फौगनी से... गाँव के लोग जानते थे जब रामेशर बाबू घोड़े पर चढ़कर शाम को निकलते हैं तो इसका क्या मतलब होता है। पहले दारू की भट्ठी पर जाकर अपनी पसन्द की देशी 60 और 40 को अलग-अलग बोतल में भरेंगे फिर थोड़ी-सी चखकर सीधे हटिया में बशीर बुच्चड़ के पास खस्सी का मांस कपड़े की झोली में भरेंगे, और फिर किसके घर जाएँगे और

खा-पीकर किसके साथ रात गुजारेंगे यह सिर्फ रामेशर बाबू को मालूम होता या फिर उनके वफादार कमलदेवा को...!

कमलदेवा दिन में ही जाकर कह आता कि मालिक का बिछावन धूप में डालकर सुखा लो। बिछावन सुखाने का मतलब था खुद को बाबू के लिए तैयार रखना। गमकौआ तेल, गमकौआ साबुन सब पहले पहुँचा दिया जाता। लेकिन उन दिनों रामेशर बाबू एक बात को लेकर काफी परेशान रहते थे। बड़े बेटे की शादी के लिए किसी अच्छी कनियाँ की तलाश थी और कई जगह मेहमानी की तारीख भी उन्होंने भेजी थी। घरवाली दिन-रात ताना देती—"मुँहझौसा...कोढिया...बेटे की शादी की चिन्ता कहाँ से होगी अपना मुँह काला करने से फुरसत मिले तब न! उ छिनाल जगदेवा की बेवा फौगनी किसी दिन तेरे बच्चे को जनेगी न तब तेरा सब मडरी अथि में...घुसड़ेगा...!"

रामेशर बाबू पत्नी को कुछ जवाब नहीं देते। वे जानते थे कि रमपतिया के आगे वे नामर्द और कमजोर आदमी से ज्यादा कुछ नहीं हैं।

बथान पर गाय की ओं-ओं सुनकर रामेशर बाबू अतीत से निकल उठ खड़े होते हैं। भोर होनेवाली है। लालटेन बुझाकर बाहर मचान पर बैठ जाते हैं। रमपतिया के गुजरने के बाद एक-एक करके सब कुछ बिला गया। बेटा सुरेन भी टीबी से ग्रसित होकर गुजर गया। खेत बिकते चले गए!

जो आदमी कभी आँखें तक नहीं मिला पाते थे अब उनके सामने ही पैर कुर्सी पर चढ़ाकर...! अपनीं गीली आँखों को पोंछकर लोटा लेकर दिशा मैदान से आकर दातुन करते हुए कमलदेवा को रामेशर बाबू ने कहा, "गाय दुहकर छोटे बेटे सरजू की घरवाली को चाय के लिए कह दो!" कुछ ही देर में कोयलावाली रेल इंजन की तरह धड़धड़ाती हुई चरैयावाली आकर बोली, "ई लीजिए चाह का गिलास, कामे का है दिन-भर दलान में पंचायत लगाकर चाह सुरकते रहते हैं। चाय-चीनी खतम हो गया है। और हाँ, धान कमाने के लिए दस ठो मजदूर हैं सो सवेरे टैम पर सबको

लेकर खेत पहुँच जाइएगा! जलपान वहीं पहुँचा देंगे! काम-धाम कुच्छो नहीं मँगनी में मडरी करते रहते हैं।"

कमलदेवा से रहा नहीं गया, बोला, "जाए दीजिए मालिक, जब से मालकिन गुजरी हैं लगता है, भगवान भी आपसे मुँह मोड़ लिया है।"

रामेशर बाबू बोले, "अरे नहीं रे कमला, यह सब मेरे करमों का फल है! काश, नागेश्वर बाबू की बात मान ली होती। उन्होंने कहा था कि अच्छा खानदान नहीं है। और लड़की की माँ बंगाल का काला जादू जानती है, सो सोच-समझकर...! लेकिन होनी को कौन टाल सकता है, हाथ पकड़ा कर होता है। बड़का बेटा का टीबी से मौत के बाद उसके शोक में रमपतिया चल बसी।"

उसके बाद तो रामेशर बाबू पर जैसे दुखों का पहाड़ टूटता चला गया!

छोटा बेटा सरजू साफ सिलपट एकदम गुल्हा माछ के जैसा...! सोचते रहते कि नागेश्वर बाबू सच ही कहते थे, पर झूठी शानो-शौकत के फेर में कभी परतीत नहीं किया नागेश्वर बाबू की बातों पर...!

जरूर उनकी बहू भी काला जादू जानती है और किसी को भी अपने वश में करके वो जो चाहे करवा सकती है...।

उस दिन दोपहर में अचानक वे आँगन गए तो चरैयावाली को दिन में ही सनिचरा के साथ आपत्तिजनक स्थिति में...उफ हे भगवान...! वे सोचने लगे, "सब मेरे किये गए पाप का फल है जो आज घर की बहू भी पराए मर्द के साथ...!! जा रे मेरे करम का फल...हे भगवान अब सहन नहीं होता।"

सरजू की शादी को दो साल हो गए हैं लेकिन अब तक...सरजू है ही कमजोर और मरियल जैसा, बेचारा करे भी तो क्या...। रामेशर बाबू दलान में लेटकर बीती यादों में खो गए...!

कितना भी शराब के नशे में खा-पीकर न जाने कितनी औरतों के साथ रंगरेलियाँ मनाकर भोर के पहर में भी वह घर पहुँचते तो रमपतिया

दो-चार भद्दी गाली देकर उनकी सेवा में जुट जाती। हाथ-पैर दबाती और उनके खाने के लिए मछली, कबूतर आदि के प्रबन्ध में लग जाती। रमपतिया जानती थी अपने पति की गरम तासीर को...सो खान-पान का भी वैसा ही प्रबन्ध करती थी। रामेशर बाबू की आँखों में आँसू आ गए। जीते जी वे कभी रमपतिया को सुख नहीं दे सके। सदा उनके शरीर से आती पराई औरतों की गन्ध को सहन किया था रमपतिया ने। लेकिन इतना होने पर भी उसने सेवा-भाव में कभी कोई कमी नहीं रखी...रामेशर बाबू की दोनों आँखें डबडबा गईं...साक्षात लक्ष्मी थी रमपतिया...!

उनकी नजर धान, चावल और गेहूँ की पुरानी बखारी की तरफ जाती है जिसमें अनाज हमेशा भरा रहता था। लेकिन आज औंधे मुँह जीर्ण-शीर्ण अवस्था में गुहाल (खटाल) के बगल लोंघड़ा पड़ा था। कभी इसमें पड़े-पड़े अनाज सड़ जाया करता था। लेकिन आज...आँसू पोंछते हुए रामेशर बाबू मन-ही-मन खुद को कोसते रहे!

फिर उन्हें जगदेव की जवान बेवा फौगनी की बातें याद आने लगीं। बारिश की उस भयानक रात में जब वह उसकी देह को सहलाते हुए उसकी काजल वाली खूबसूरत आँखों को चूम रहे थे तो फौगनी ने कहा था, "चरैयावाली अशुभ औरत है।" तब उसे डाँट दिया था। कितना रोई थी बेचारी। फौगनी ने कहा था, "आपके घर से कुलदेवता समेत बाकी देव-पित्तर सब बिदा हो चुके हैं।"

रामेशर बाबू को याद है कि घर लौटने के लिए जब वे कपड़े पहन रहे थे उस बेवा फौगनी ने कहा था कि—"ऐ बाबू, मेरे माँग में सिन्दूर डालकर अपनी दुल्हन बना लोगे तो क्या तुम्हारी मडरी चली जाएगी? मेरे ही कहने पर चुपचाप शहर जाकर नसबन्दी करवा आए हो। मैं छिनाल नहीं आपकी अमानत हूँ। क्या मजाल जो कोई हाथ लगा ले...

उसका अथि...काट लूँगी! पति के गुजरने के पहले और बाद में अभी तक फौगनी के जीवन में दूसरे मरद आप ही हो...गाँव की सभी औरतें मुझसे घृणा करती हैं। लेकिन मुझे किसी की परवाह नहीं...सभी जानते हैं आपको मुझसे लाट है! तो फिर क्यों नहीं चुमौना (विधवा, या फिर किसी औरत की दूसरी शादी) कर लेते हो...मडरी जाने का खतरा है या लोक लाज का...फौगनी आप की थी, है और सदा रहेगी।"

रामेशर बाबू शून्य में खो जाते हैं, और सोचते हैं सब उनके ही कर्मों का फल है जो आज यह दिन देखना पड़ रहा है। वे अपने आँसुओं को पोंछकर चल देते हैं। कहाँ, ये उन्हें भी नहीं मालूम। उन्होंने तय कर लिया है कि अब लौटकर वापस यहाँ नहीं आएँगे, कभी नहीं।

थोड़ी दूर जाने के बाद पीछे से आवाज आती है, "रुकिए मेरे मालिक..." रामेशर बाबू ने पीछे मुड़कर देखा तो फौगनी थी...रामेशर बाबू से लिपटकर रोते हुए उसने कहा, "मेरे बारे में जरा भी नहीं सोचा, आपके सिवाय कौन है मेरा? आप जहाँ भी जा रहे हैं मैं भी आपके साथ चलूँगी आपकी दासी बनकर..."

रामेशर बाबू उसकी आँखों से आँसू पोंछकर उसे अपने साथ लेकर अनजान मंजिल की ओर निकल पड़ते हैं, और कुछ ही देर बाद घुप्प अँधेरे में दोनों गुम हो जाते हैं, शायद सदा के लिए...!

रफू वाली साड़ी

दुखनी आज गुस्से से लाल-पीली है।

उसे किसी की बात आज नहीं सुहा रही तिस पर गला फाड़कर रोता हुआ सात साल का लरैना। उसका इस तरह से रोना देख दुखनी के भीतर लगी आग पर मानो घी पड़ गया। एक चाँटा देकर गुस्से से धकेल देती है, "जा रे करमजला, मर! दुखनी बचपन से दुख ही सहते आई है और दुख सहते ही मरेगी भी, हाय रे किस्मत!" उधर जमीन पर गिरकर लरैना पूरी ताकत लगाकर रोए जा रहा था।

दुखनी के पति बिरेन ने आँगन में गिरे दहाड़ें मारकर रोते हुए बेटे को उठाकर उसके शरीर से धूल-मिट्टी झाड़ते हुए चुप रहने के लिए कहा तो वह धीरे-धीरे रोते हुए हिचकियाँ भरने लगा। उसने अपनी पत्नी को आवाज दी—"दुखो...अरी ओ दुखो..."

घर के भीतर से फुफनाती नागिन जैसी दुखनी पास आकर बोली, "एतना लाड़-प्यार करने की कोई जरूरत नहीं है।" बिरेन आगे कुछ कहता इससे पहले दुखनी बेटे पर फिर बरस पड़ी, "बित-भर का छौंड़ा है लेकिन खाएगा सियाना आदमी के जेतना! लगता है दादा-परदादा सन्दूक भर के सोना छोड़कर गए हों...मछली खाने की जिद कर रहा है, दो लाकर..."

अपने पति बिरेन को आँखें दिखाती हुई वह लरैना का हाथ पकड़कर

चापाकल के पास ले जाकर बाल्टी-भर पानी उसके सिर पर उड़ेल दी... लरैना अब भी हिचक रहा था। दुखनी उसके शरीर का रगड़ते हुए बोली, "इसको मना करते हैं बड़ा घरिया में मत जाया कर, उ लोग को क्या, रोज मांस-मछली, घी-मलिद्दा खाते हैं, लेकिन नहीं, इसको तो हुलुक-बुलुक करने की आदत है सो जयकान्त के बेटे रमेशवा को मछली-भात खाता देखकर इसका मुँह से पानी गिरने लगा। यहाँ एक टैम खाओ तो दूसरे टैम के बारे में सोचना पड़ता है।"

बिरेन सब-कुछ लाचार होकर देख-सुन रहा है, उसकी इतनी हिम्मत नहीं है कि दुखनी की बातों का कोई जवाब दे।

लरैना के सिर पर तेल लगाने के बाद उसे थाली में भात, नमक और साग देते हुए दुखनी ने कहा, "ले ठूँस!"

लरैना जानता है कि अभी अगर वह कुछ बोलेगा तो और मार खाएगा सो वह मन मारकर चुपचाप खाने लगा। उसका बाप बिरेन अनिच्छा से खाते हुए छोटे से लरैना को देखता है फिर चुपचाप अपनी आँखों के आँसू पोंछकर दरवाजे की तरफ मुड़ने लगता है कि पीछे से पत्नी की आवाज आती है, "आप कहाँ चल दिये...काम के न काज के दुश्मन अनाज के...मेरी तो किस्मत ही खराब है। सब तरह से दुख हम पर ही मेहरबान है! आइए महाराज, भोजन कीजिए..."

पीढ़ा पर बैठते हुए बिरेन लोटे से पानी निकालकर हाथ धोकर थाली की ओर देखता है...कोटा (जनवितरण प्रणाली) का पीला चावल, नून-तेल, साग की भुजिया...फिर उसकी नजर लरैना की तरफ जाती है जो किसी तरह भात का कौर मुँह तक...

बिरेन पन्द्रह सालों से दिल्ली में रिक्शा चलाया करता था और फुटपाथ पर लगनेवाले साप्ताहिक मार्केट में सब्जी भी बेचा करता था। इसके साथ ही बच्चों को स्कूल पहुँचाया और लाया भी करता था। उसकी आमदनी भी अच्छी थी। सात साल पहले उसकी शादी नन्दनपुर के रहनेवाले घोरी

दास की इकलौती बेटी दुखनी से हुई। शादी में उपहारस्वरूप एक जोड़ा गाय, दो बाछी, दो बकरी और चार मेमना दुखनी अपने साथ लेकर आई थी। दोनों गाय मिलकर छह सेर दूध देती थीं सो आमदनी अच्छी हो जाती थी लेकिन कुछ दिनों के बाद तसवीर बदल गई। मानो दुखनी पर बज्जर गिर गया हो। दो बीघा खेत भी भीमा साहूकार के पास भरना रखना पड़ा तब जाकर दुखनी अपनी बुढ़िया सास बुधिया देवी के श्राद्ध-कर्म और भोज-भात पर खर्च कर पाई। लोग कहते नहीं थकते कि ऐसी बहू भगवान सभी को दे। क्या भोज दी है पूरे गाँव-समाज को। चार प्रकार की मिठाई, पूरी, तीन प्रकार की सब्जी, दही...लोगों ने चटकारे लेकर खूब खाया...।

लेकिन दुखनी का पारा सातवें आसमान पर तब पहुँच गया जब भंडारघर से रसगुल्ले की बाल्टी चुराकर ले जाते कनकीर महतो को रँगे हाथ महादेव काका के घर के बगल वाली गली, जो उसके घर से सटे उत्तर-पूर्व गाँव के रामलाल के घर के पास निकलती है...

दुखनी को पहले से शक था कनकीर पर सो उसने जब उसके हाथ में रसगुल्ला भरी बाल्टी देखी तो गुस्से में चिल्लाने लगी, "मुँहझौंसा, तोरा कोढ़ी फूटे, तेरे शरीर में जीते जी पिल्लू फरे...क्या कमी रखी है दुखनी ने बोला? दो बीघा जमीन भरना रखकर एक गाय बेचकर दुखनी इतना बढ़िया प्रबन्ध की है, तिस पर...अब मेरा कोढ़ा कलेजा भी खाएगा क्या?" कनकीर चुपचाप बाल्टी रखकर गली में गुम हो गया। इस भोज ने दुखनी के घर को पूरी तरह से बर्बाद कर दिया था। लेकिन स्वाभिमानी दुखनी ने झुकना नहीं सीखा था सो उसने कभी किसी के आगे हाथ नहीं पसारा। खूब मेहनत-मजदूरी करती और बिरेन भी इस काम में उसका साथ देता।

खाने के बाद लरैना अपने पिता की गोद में सिर रखकर सोने की कोशिश कर रहा था लेकिन मछली-भात का स्वाद अब भी उसके मुँह में पानी ला रहा था। बिरेन जानता है कि लरैना को मछली-भात खाना बहुत पसन्द है। तभी लरैना ने अपने पिता को कहा, "बाबा, अब हम

मछली खाने की जिद नहीं करेंगे, मईया को भी गुस्सा नहीं दिलाएँगे।" तभी लरैना की नजर पिता के चेहरे पर गई तो वह हैरान रह गया। उसने अपने पिता की आँख से आँसू पोंछते हुए कहा, "बाबा, आप मत रोओ। मैं खूब पढ़ूँगा और बड़ा अफसर बनकर खूब पैसे कमाऊँगा और आपको और मईया को शहर में रखूँगा।"

दीवाल की ओट से सुन रही दुखनी की ममता अब आँखों से बह रही थी। वह लरैना को पिता की गोद से उठाकर अपने सीने से चिपकाकर रोने लगी, "मेरा कलेजे का टुकड़ा, तेरी मईया बहुत बुरी है रे...बचपन से ही मैं अभागी हूँ रे...तेरा कोई दोष नहीं है...सब मेरी किस्मत का दोष है..."

लरैना माँ की फटी साड़ी की रफू को देख रहा है...एकटक देखे जा रहा है, फिर माँ की आँखों के आँसू पोंछते हुए कहता है, "मईया साग-भात तो माछ-भात से अच्छा लगा खाने में, कल फिर बनाना।"

दुखनी समझ गई लरैना उसका जी रखने के लिए ये सब बात बोल रहा है। फिर उसकी ममता आँखों के रास्ते बाहर...!!

दुखनी अपने पति को आँचल के कोने में बँधा पचास रुपये का तुड़ा-मुड़ा नोट निकालकर देती है और सुबककर बोलती है, "लरैना के बापू, चार बजे फुटानी हाट से जाकर मछली ले आना..."

लरैना झट से पैसे पिता के हाथ से लेकर अपनी माँ की तरफ बढ़ाते हुए बोला, "मईया ये पैसा रख लो...हमको नहीं खाना मछली। यह पैसा मनोहर गुरु जी को देना। मैं ट्यूशन पढ़ूँगा इससे। तभी तो बड़ा आदमी बन सकूँगा..."

दुखनी लरैना को कलेजे से लगाकर रोने लगी—"कितना समझदार हो गया है रे तू..." फिर आँसू पोंछती हुई बोली, "ठीक है मैं मनोहर बाबू से बात करूँगी और तुझे खूब पढ़ाऊँगी चाहे बची-खुची जमीन-जायदाद, गाय, बकरी, बिट्टा-बाड़ी सब क्यों न बेचना पड़े।"

अगले दिन सुबह मनोहर बाबू खुद लरैना के घर आए तो उनके हाथ

में एक झोला था। उन्होंने लरैना के पिता बिरेन जो कि उनके बचपन के दोस्त भी थे, को बोला, "रे बिरेनवाँ, आजकल तू रहता कहाँ है? सुना हमेशा के लिए शहर से वापस आ गया है। और एक बात! लरैना है तो दूसरी कक्षा में लेकिन पाँच वर्ग तक का कान काट लेता है। पढ़ने में काफी तेज है! और तू भोंदूमल का भोंदूमल ही रह गया। आया तो मुझसे एक बार भी नहीं मिला। तुझे मालूम भी है गाँव से डेढ़ कोस दूर जिस स्कूल में हम लोग पढ़ने जाते थे, अब मैं वहाँ का हेड मास्टर हूँ।"

ढेर दिनों के बाद दोनों दोस्तों की दोस्ती देखकर हाथ में पानी का लोटा लिये दुखनी की आँखों में भी खुशी के आँसू आ गए। मनोहर बाबू की ओर लोटा बढ़ाते हुए उसने कहा, "लीजिए पानी...मैं चाय बनाती हूँ, और दूध गरम कर लोटा में देती हूँ, कदवा वाली बहुरिया को दे दीजिएगा।" फिर घूँघट की ओट से दुखनी ने शरमाते हुए कहा, "सुना है कि आप बाप बननेवाले हैं! मैं रोज आधा सेर गाय का दूध लरैना के मार्फत भिजवा दूँगी।"

मनोहर ने हँसते हुए दुखनी से कहा, "भाभी, आपने सही सुना है! लीला पेट से है...आप तो जानती हैं, पढ़ाई-लिखाई के चक्कर में फिर नौकरी के लिए भाग-दौड़ में इतना समय गुजर गया कि आज लरैना सात का है और मेरे घर आनेवाला मेहमान अभी माँ के गर्भ में ही है..." फिर सभी हँस पड़े। मनोहर बाबू ने लरैना को आवाज दी फिर उसे झोला देते हुए बोले, "ले तेरे लिए ताजी रेहू मछली...अगनू साहू के तलाब से सुबह-सुबह निकाला जा रहा था तो मैं अपने घर के साथ तेरे लिए भी...!!"

लरैना झोला लेने से इनकार करते हुए बोला, "नहीं गुरु जी, मुझे अब मछली खाने का मन नहीं करता, आप इसे ले जाइए।" फिर उसने पचास रुपये का नोट मनोहर बाबू की तरफ बढ़ाते हुए कहा, "ये लीजिए गुरु जी, मुझे आप ट्यूशन पढ़ा दीजिएगा!" उसकी बात सुन मनोहर

बाबू ने झट से पचास का नोट उसके हाथ से ले लिया और कहा कि पहले मछली ले जाकर घर में रख आओ...लरैना ने अच्छे बच्चे की तरह ठीक वैसा ही किया।

वापस आने पर मनोहर ने उसे गोद में उठाते हुए कहा, "मैंने अगर तुम्हारे बाबा की उम्र में शादी कर ली होती तो तुम्हारे जितना ही मेरा बेटा भी होता!" फिर बिरेन की ओर देखकर कहा, "मैं जानता हूँ यार तुम्हारे ऊपर काफी कर्जा है।" फिर अपनी जेब से पाँच हजार रुपये निकालकर उसके हाथ में देते हुए कहा, "इससे तुम अपनी जमीन छुड़ा लो और खेती-बाड़ी करो और जब तुम्हारे पास पैसे होंगे तो धीरे-धीरे मुझे लौटा देना। और हाँ, स्कूल में चपरासी के लिए शिक्षा विभाग के बड़े साहेब से बात की है। बहुत हो गया दिल्ली, पंजाब! अब कहीं नहीं जाना है।"

इसके बाद लरैना को गोद से नीचे उतारकर उसके दिये पचास रुपये को अपने माथे से लगाकर अपनी जेब में रख लिया और कहा, "बेटा यह पचास रुपये शगुन है तुम्हारे आनेवाले भविष्य के लिए! तुम्हारे बाबा तो मैट्रिक तक ही पढ़ाई कर पाए, लेकिन तुम्हें खूब पढ़ाई करनी है और इसकी जिम्मेदारी मेरे ऊपर है! देखना एक दिन तुम इस गाँव के सबसे बड़े आदमी कहलाओगे। लोग तुम्हें देखकर सलाम ठोंकेंगे और तुम्हारे आगे-पीछे गाड़ियों का काफिला होगा।"

मनोहर बाबू हमेशा दुखनी की मदद करना चाहते थे लेकिन स्वाभिमानी तेवर की दुखनी हमेशा इनकार कर देती थी। आज मनोहर बाबू सरप्राइज देना चाहते थे सो झोले के साथ एक थैला भी लाए थे। उसे दुखनी की ओर बढ़ाते हुए उन्होंने कहा, "दुखनी भाभी, मैं आपकी काफी इज्जत करता हूँ। आपको शायद याद नहीं होगा कि आज आपकी शादी की नौवीं सालगिरह है!" फिर उन्होंने बिरेन से कहा, "दोस्त, इस थैले में तुम्हारे लिए भी कपड़े हैं, सालगिरह का उपहार समझकर स्वीकार कर लो..." दुखनी रोने लगी तो बिरेन ने उससे कहा, "रख लो

दुखो! मुसीबत की घड़ी में जब अपनों ने मुँह मोड़ लिया तो ऐसे में मेरे दोस्त का उपहार स्वीकार कर लो।" फिर दुखनी ने थैला अपने हाथ में ले लिया। मनोहर बाबू घर जाने लगे तो बिरेन ने उन्हें रोका और कहा, "ऐसे नहीं दोस्त, कम-से-कम चाय तो पीकर जाओ।"

मनोहर बाबू ने चाय पीते हुए दुखनी से कहा, "भाभी, तुम्हारे लिए भी मैंने कुछ सोचा है। दो दिन के बाद तुम स्कूल आना और रजिस्टर पर अपने हस्ताक्षर कर देना, तुम्हें रसोई का हेड नियुक्त कर दिया जाएगा और प्रत्येक माह मानदेय राशि भी दी जाएगी। और हाँ, लरैना को भी छात्रवृत्ति मिलेगी और सुबह-शाम ट्यूशन पढ़ने के लिए घर पर भेज देना।" फिर वह चले गए।

समय धीरे-धीरे बीतता गया। दुखनी स्कूल में काम करने लगी और बिरेन भी स्कूल के अपने काम में पारंगत हो गया। घर के सारे कर्ज भी खत्म हो गए। जमीन भी छुड़ा ली गई और खेती दूसरों के जिम्मे बटाईदारी में दे दी गई। बिरेन और दुखनी अब काफी खुश थे। लरैना नारायण महतो के नाम से अपने कॉलेज में मशहूर हो गया था। कई सालों से वह घर नहीं आया था। उसने अपने गुरु, मईया, और बाबा को वचन दिया था कि वह तब तक शहर से वापस नहीं आएगा जब तक कि वह बड़ा अफसर नहीं बन जाता।

शहर में पढ़ाई करते हुए नारायण दूसरों को ट्यूशन भी पढ़ाता था जिससे उसे अच्छी आमदनी हो जाया करती थी। उसने गरीबी और भूख को करीब से देखा था। बिना दाल-सब्जी के बचपन के दिनों में सिर्फ नून, तेल, भात भी खाया था। माँ की रफू वाली साड़ी के छेद से छलकती ममता को वह जीवन-भर भूल नहीं सका था और शायद यही उसके लिए बहुत बड़ी प्रेरणा थी। वह अपने माता-पिता समेत अपने इलाके के लिए बहुत कुछ करना चाहता था इसलिए कड़ी मेहनत करके उसने यूपीएससी की परीक्षा दी।

तभी गाँव से अचानक खबर आई कि पिता काफी बीमार हैं। दूसरे ही दिन वह अपने गाँव के लिए निकल पड़ा। दुखनी ने रात को दरवाजा खटखटाने की आवाज सुनी तो दौड़कर भागी और दरवाजा खोलते ही उसकी आँखें फटी की फटी रह गईं—सूट-बूट वाला कौन बाबू आया है इतनी रात को? वह मन-ही-मन सोचने लगी।

नारायण ने अपनी माँ के चरण स्पर्श किए। बोला, "माँ मैं हूँ आपका लरैना।"

दुखनी की आँखें भर आईं। वह अपने बेटे से लिपटकर रोने लगी, "मेरा कलेजे का टुकड़ा, मेरा लरैना..." फिर उसे बेतहाशा चूमने लगी। नारायण भी बच्चे की तरह रोने लगा। फिर बोला, "मईया मुझे बाबा के पास ले चलिए।"

जैसे ही उसने अपने बाबा के चरण स्पर्श किए उनकी आँख खुल गई और वह हड़बड़ाकर उठ बैठे। फिर दुखनी बोली, "देखते क्या हैं जी, अपना लाल लरैना है। देखिए, कितना गबरू जवान हो गया है..." पिता को प्यार उमड़ आया और उसे गले से लगाकर खूब रोए। फिर कुछ देर बाद जब सब सामान्य हो गए तो नारायण ने पूछा, "बाबू जी, आपकी तबीयत तो ठीक-ठाक लग रही है फिर...?"

माता-पिता दोनों को हँसते हुए देखकर उसे काफी सुख की अनुभूति हो रही थी। उसने देखा माँ ने जरी वाली साफ-सुथरी साड़ी पहन रखी है और बाबू जी भी साफ कुर्ता-पाजामा पहने हुए थे और घर की सूरत पहले से काफी बेहतर थी।

सुबह मनोहर बाबू जब आए तो नारायण को देखकर हतप्रभ हो गए। वे कुछ बोल पाते इससे पहले ही नारायण ने अपने गुरु के चरणों में माथा टेक दिया। मनोहर बाबू उसे गले लगाकर अपने आँसू नहीं रोक पाए। बोले, "मैंने ही टेलीग्राम करके तुम्हें शहर से बुलाया है। उसका कारण भी बताऊँगा। पहले ये बताओ कि तुम्हारी परीक्षा कैसी गई?"

"बहुत ही अच्छी", नारायण ने जवाब दिया। फिर उसने हाथ जोड़कर मनोहर बाबू से कहा, "गुरु जी, आपका कर्ज मैं कभी नहीं चुका पाऊँगा। आप मेरे लिए माता-पिता से भी बढ़कर हैं। आप अगर मेरे जीवन में नहीं होते तो आज मैं किसी के खेत में मजदूरी कर रहा होता या किसी की भैंस-गाय चरा रहा होता। मुझे नहीं मालूम कि भगवान कैसे होते हैं। लेकिन जब मैं आपको देखता हूँ तो मुझे महसूस होता है कि भगवान के ही दर्शन कर रहा हूँ।" पास खड़े दुखनी और बिरेन की आँखों से आँसू बहने लगे।

नारायण ने आगे कहना शुरू किया, "गुरु जी, माँ की फटी साड़ी का रफू मेरे जीवन का सिलेबस था। शहर की सारी डिग्रियाँ माँ की पहनी हुई रफू वाली साड़ी के नाम...। पन्द्रह साल तक बाबू जी ने रिक्शा चलाकर हम माँ-बेटे का पेट पाला, बगैर अपने स्वास्थ्य की चिन्ता किये। बाबू जी से ही मैंने मेहनत करने का हुनर सीखा। बिना किसी स्वार्थ के आपने मुझे शिक्षा का मतलब सिखाया। कड़ी मेहनत से पढ़ाई कर कैसे हम दूसरों से बेहतर हो सकते हैं, और जीवन में किसी एक लक्ष्य को निर्धारित कर उसे प्राप्त करने की लगनशीलता की ऊर्जा भी आपने मेरे भीतर भरी। हॉस्टल और पढ़ाई के खर्चे के अलावा और बहुत कुछ जो एक पिता अपने बेटे के लिए करता है उससे भी बढ़कर आपने मेरे लिए किया है गुरु जी..."

नारायण के बचपन के संगी-साथी, जोगिन्दर, खिखरा, सनिचरा, महादेव, और लम्पट कलेसर सब-के-सब बाल बच्चेदार हो चुके थे। गाँव में चारों ओर नारायण की ही चर्चा...क्या मजाल जो कोई लरैना बोल दे।

छोटे घर से बड़ घरिया तक नारायण की ही बातें हो रही थीं। सुग्रीव बाबू जो क्लर्क पद से रिटायर हुए हैं, मनोहर बाबू को छोड़कर इस गाँव में सरकारी नौकरी से रिटायर होने वाले अकेले आदमी हैं।

सामने से अचानक नारायण को आता देख सुग्रीव बाबू मन-ही-मन

काफी खुश हो रहे थे। पास आने पर नारायण ने उनके चरण स्पर्श किए। सर पर हाथ रखकर सुग्रीव बाबू ने आशीर्वाद दिया—"खूब बड़ा आदमी बनो।" तभी नारायण ने पास से खटिया पर जाती काझावाली चाची को देखा। उसने झट से सुग्रीव चाचा से पूछा, "क्या हुआ है इन्हें और खटिया पर इन्हें कहाँ लेकर जा रहे हैं?"

सुग्रीव बाबू ने कहा, "बेटा यहाँ से पाँच कोस दूर एक प्राथमिक स्वास्थ्य केन्द्र है, वहीं डॉक्टर से दिखलाने और टीबी का जाँच कराने इनको लेकर जा रहे हैं।" नारायण ने फिर पूछा, "तो अपने गाँव के अगल-बगल कोई स्वास्थ्य सुविधा नहीं है क्या?"

"अरे नहीं बेटा, बहुत समस्या होती है किसी के बीमार पड़ जाने पर। अब तुम कोई बड़ा हाकिम बनोगे तभी इस गाँव का कल्याण हो सकेगा। नेता, मंत्री तो वोट लेकर हमेशा की तरह ठग लेते हैं।"

नारायण सुग्रीव चाचा से पूछता है, "यहाँ कोई सरकारी जमीन तो होगी ही न?"

"नहीं बेटा, लेकिन किसलिए?"

नारायण ने कहा, "मुझे अपने गाँव में अस्पताल बनवाना है। मैं कल ही मनोहर गुरु जी के साथ शहर जाता हूँ और कलेक्टर से मिलकर एक आवेदन दे देता हूँ।"

यह सुनते ही सुग्रीव जी जोश में आकर बोले, "बेटा, अस्पताल के लिए जमीन मैं दूँगा, दुर्गा स्थान के बगल में।" सुनकर नारायण ने फिर से एक बार चरण स्पर्श किए...!!

दूसरे दिन नारायण अंग्रेजी में लिखा आवेदन लेकर अपने गुरु जी के घर पहुँचा। लेकिन वहाँ वे दिखे नहीं तो आवाज लगाई...।

पलटकर किसी लड़की की आवाज सुनाई दी—"कौन लरैना?"

आवाज सुनकर जब नारायण भीतर कमरे की ओर बढ़ने लगा तो अचानक से हू-हू करके एक खूबसूरत-सी लड़की सामने खड़ी हो गई।

नारायण उसे देखता ही रह गया। इतनी खूबसूरत लड़की भी गाँव में हो सकती है यह उसने कभी सपने में भी नहीं सोचा था। छरहरा गोरा बदन, बड़ी-बड़ी काली आँखें, खुले हुए घने लम्बे-काले बाल...। वह मन-ही-मन सोचने लगा कौन है यह और क्यों मुझे लरैना के नाम से पुकारा...!

इतने में पीछे से आवाज आई—"अरे बेटा तुम, ओह इसने तुम्हें तंग तो नहीं किया! बड़ी शरारती है मेरी बेटी लक्ष्मी। तुम इसे नहीं जानते लेकिन ये तुम्हें बचपन से ही जानती है। सुनकर आश्चर्य हुआ न। बेटी इधर आओ। यही है तुम्हारा लरैना..."

"जानती हूँ पिताजी...इतना सुन्दर और स्मार्ट आदमी लरैना के सिवा गाँव में कोई और हो भी नहीं सकता है। मैं बी.ए. फाइनल ईयर में हूँ और विमेंस कॉलेज, पटना में पढ़ती हूँ। बचपन से ही पिताजी मुझसे ज्यादा आपकी चिन्ता में रहे। मैंने पिताजी के पास आपकी एक छोटी सी श्वेत-श्याम तसवीर भी देखी थी जो अब मेरे पास है..."

मनोहर जी तुरत बोल पड़े, "अरी बदमाश तो वो तुम थीं, मैंने सोचा कि खो गई।"

नारायण पहली नजर में ही दिल हार बैठा था लेकिन इजहार नहीं करना चाहता था इसलिए बोला, "वो गुरु जी शहर चलकर अस्पताल के लिए कलेक्टर को आवेदन देना है। ये रहा जरा एक नजर देख लीजिए।" आवेदन पढ़कर मनोहर जी बोले, "वाह कमाल! जमीन का डोनर भी मिल गया...क्या बात है, लगता है कि अब अपने गाँव के अच्छे दिन आनेवाले हैं।"

"पिताजी मैं भी चलूँगी आप लोगों के साथ शहर...मुझे भी कलेक्टर साहब से मिलना है।"

"लेकिन बेटा तुम्हें भला कलेक्टर साहब से किसलिए मिलना है?"

नारायण की ओर इशारा करते हुए बोली, "इससे शादी रचाने की पैरवी करनी है..."

"चल शरारती..." मनोहर बाबू ने हँसते हुए लक्ष्मी से कहा। फिर नारायण से कहा, "बेटा इसकी बात का बुरा मत मानना, काफी मजाकिया है।" फिर बेटी को झट से तैयार होने को कहा।

अरे ये क्या? साक्षात परी मानो धरती पर उतर आई हो...इतनी खूबसूरती से भगवान ने इसे गढ़ा है। नारायण की आँखें जैसे लक्ष्मी के चेहरे पर जम गई हों और लक्ष्मी ने भी नारायण की आँखों में आँखें डालकर अपने पिताजी को अपने प्यार का इजहार कर दिया।

रास्ते-भर लक्ष्मी चुहलबाजी करती रही और खूब हँसती-हँसाती रही। मनोहर जी ने नारायण से कहा, "सुनो बेटा, उस दिन मैंने कहा था न कि टेलीग्राम मैंने ही किया था तुम्हारे बाबू जी की खराब तबीयत का बहाना करके। दरअसल वो लक्ष्मी की ही जिद पर...। ये तुमको देखने की जिद कर बैठी थी। क्या करूँ बिन माँ की बच्ची है सो बड़े लाड़-प्यार से पाला है इसे मैंने। तुमको पढ़ने के लिए जब शहर भेजा तो लक्ष्मी सात साल की थी, तुम्हारे जाने के कुछ दिन बाद ही मेरी बिमला चल बसी...लेकिन उसने मुझसे एक वचन लिया था, वो ये कि लक्ष्मी का ब्याह तुम्हारे साथ ही कराऊँ..."

गुरु जी की बात सुनकर नारायण ने शर्म से चेहरा झुका लिया, लेकिन लक्ष्मी चुप रहनेवाली कहाँ थी; बोली, "ऐ मेरे सपनों के राजकुमार, शहर आ गया है जल्दी से पेट पूजा करवाओ..."

नाश्ता करने के बाद सभी कलेक्टर साहब के ऑफिस में पहुँचे तो तुरत अर्दली ने कलेक्टर साहब को इसकी सूचना दी। फिर फौरन वापस आया और बोला चलिए कलेक्टर साहब आप लोगों को बुला रहे हैं। अन्दर घुसते ही कलेक्टर साहब ने अर्जी ली और सीएस को तलब किया और नारायण से बोले, "नो प्रॉब्लम...आपका काम हो जाएगा। बाई द वे कांग्रेचुलेशन मिस्टर नारायण, यू आर बिकम ए आईएएस ऑफिसर, यू आर सेलेक्टेड...ये न्यूजपेपर देखो...तुम्हारा 21वाँ रैंक है।" सुनकर

नारायण को विश्वास नहीं हो रहा था लेकिन गुरु जी ने जब गले से लगाया तो बगैर अखबार देखे...! कलेक्टर ऑफिस में अफरा-तफरी मच गई। कलेक्टर साहब ने तुरत जीप मँगवाई और खुद भी उन लोगों के साथ नारायण के गाँव जाने का फैसला लिया...

तभी लक्ष्मी ने नारायण को चिकोटी काटकर बाहर आने को कहा और बगल वाले वेटिंग रूम में जाकर नारायण से बुरी तरह से लिपटकर रोने लगी—"मेरे देवता, बचपन से ही मैंने सिर्फ तुम्हें प्यार किया है। मैंने कभी किसी पुरुष की आँख में आँख नहीं डाली जानते हो क्यों, सिर्फ तुम्हारी खातिर मेरे देवता। बेपनाह प्यार करती हूँ तुमसे या यूँ समझो कि तुम्हारे प्यार में पागल हूँ। अब कहीं तुम बदल तो नहीं जाओगे? मार डालूँगी..."

उसके कान को हल्के दाँत से काटते हुए मैंने बोला, "अरे नहीं मेरी राजकुमारी, चलो गाँव, मुझे जल्द ही ट्रेनिंग के लिए भी जाना होगा।"

कलेक्टर साहब के साथ गाड़ियों का काफिला चल पड़ा नारायण के गाँव की ओर...गाड़ियों के पीछे उठता धूल का गुबार देखकर गाँव के लोग पहले तो डर गए लेकिन कुछ ही देर में वे सब समझ गए!

कलेक्टर साहब ने लोगों से बैठ जाने को कहा। फिर उन्होंने नारायण के बारे में लोगों को बताया कि अब आपके गाँव के नारायण महतो कलेक्टर बनने वाले हैं। सभी लोग तालियाँ बजाने लगे। सभी के सामने कलेक्टर साहब ने नारायण को फूलमाला पहनाकर मिठाई खिलाई। नारायण ने सबसे पहले मनोहर जी के चरण स्पर्श किए तो बगल में बैठी शरारती लक्ष्मी ने भी अपने पैर बढ़ा दिये। नारायण ने भी शरारत का परिचय देते हुए चिकोटी काट ली तो लक्ष्मी के मुँह से 'उई माँ'...निकला और वहाँ मौजूद सभी लोग हँस पड़े।

दुखनी और बिरेन की आँखों में आँसू थे। जब नारायण ने अपने माता- पिता के चरण स्पर्श किए तो दोनों अपने बेटे से लिपटकर बुरी तरह रोने लगे।

"मत रो मईया...बाबू जी आप समझाइए मईया को...!" नारायण ने कहा।

कलेक्टर साहब बोले, "कौन है सुग्रीव सिंह..."

"जी हुजूर, मैं हूँ..."

"तो मेरे पास आइए और इस पेपर पर अपने हस्ताक्षर कीजिए। क्या आप अपनी जमीन स्वेच्छा से सरकार को अस्पताल के लिए दान कर रहे हैं?"

सुग्रीव सिंह ने कहा, "जी हूजूर..."

फिर कलेक्टर बोले, "रजिस्ट्रार साहब, इनके हस्ताक्षर ले लीजिए।" फिर उन्होंने भवन निर्माण विभाग के अधिकारी को गाँव में तुरत अस्पताल भवन बनाने और सड़क विभाग के सम्बन्धित अधिकारी को गाँव तक पक्की सड़क और बिजली विभाग को अविलम्ब वहाँ बिजली मुहैया करवाने का निर्देश देकर साप्ताहिक प्रोगेसिव रिपोर्ट देने को कहा और पुनः नारायण को बधाई देकर अपने लश्कर के साथ धूल उड़ाते वापस हो गए।

पूरे देश के अखबारों में एक गरीब मजदूर के बेटे के आईएएस ऑफिसर बनने की कहानी नारायण की बड़ी-बड़ी फोटो के साथ छपी। दूर-दराज के गाँव के लोगों का ताँता लग गया बधाई देने व नारायण को देखने के लिए। सुरक्षा के दृष्टिकोण से शहर के कलेक्टर साहब ने चार पुलिसकर्मी और एक जीप भेज दी नारायण के घर...!

दुखनी को गाँव-भर की महिलाओं ने घेर लिया था। सभी अपनापन जता रही थीं, तो कोई उसे किस्मत वाली कह रही थी। दुखनी के दुख के दिन अब सदा के लिए खत्म हो गए थे। गाँव में उन्नति की नींव पड़ चुकी थी। गाँववालों में कोई सीना चौड़ा कर खुद को नारायण का चाचा बताता तो कोई फूफा, मौसा, मामा, इत्यादि। आखिर गाँव के लाल ने कलेक्टर बनकर गाँव का नाम जो रौशन किया था।

ट्रेनिंग पर जाने से पहले दुखनी ने बड़ी धूमधाम से लक्ष्मी और

नारायण की सगाई की। शहर से जेनरेटर, रंग-बिरंगी बिजली बत्ती मँगाई गई। खूब सजाया-धजाया गया पूरे गाँव को। गाँववालों ने मिलकर बहुत बड़े भोज का आयोजन किया। शहर से कलेक्टर साहब भी आए। उधर लक्ष्मी को सजाकर जब सगाई के मंडप में लाया गया तो साक्षात देवी लग रही थी। मनोहर बाबू ने हाथ जोड़कर कलेक्टर साहब से अपने होनेवाले दामाद और बिटिया रानी को आशीर्वाद देने का आग्रह किया तो बगैर देर किये वे दोनों को आशीर्वाद देने मंच पर जा पहुँचे। नारायण और लक्ष्मी ने कलेक्टर साहब के चरण स्पर्श किए तो उन्होंने नारायण और लक्ष्मी को गले से लगा लिया। यह दृश्य देखकर सभी की आँखों में खुशी के आँसू...!

सभी के जाने के बाद लक्ष्मी ने अपने देवता के लिए खाने की थाली खुद परोसी। खाने की थाली पर नजर पड़ते ही नारायण खुशी से लक्ष्मी से लिपट गया..."मेरी जान तुम्हें कैसे पता कि मछली-भात मेरी फेवरेट डिश है।"

तभी दुखनी देवी पीछे से आकर बोलीं, "क्योंकि वह तुमको बचपन से ही प्यार करती है। तुम्हें क्या पसन्द है, क्या नहीं एक-एक बात इसने मुझसे जान ली है और हाँ, ये भी कि मेरी रफू वाली साड़ी मैंने तुम्हारे लिए अब तक सँभाल रखी है।" फिर बारी-बारी से मनोहर जी एवं नारायण के पिता बिरेन वहाँ पहुँचे और चाव से मछली-भात खाते नारायण को एकटक देखते रहे...

फिर अगले दिन बिदाई...सभी गाँववालों की आँखें नम थीं। गाँव के सभी बड़े बुजुर्गों के नारायण बारी-बारी से चरण-स्पर्श कर रहा था। जब वह अपनी माँ के चरण स्पर्श करने गया तो माँ ने उसके हाथ में एक थैला दिया और कहा, "यह तुम्हारी अमानत है। तेरे बचपन की हर शरारत और आँसू इसी में समाहित है...अनगिनत रफू जरूर हैं लेकिन..." इतना कहकर वह रोने लगी।

"चुप हो जाओ मईया, तुम्हीं से सब कुछ है..." और बाबू जी के चरण स्पर्श करने के बाद अपने होनेवाले ससुर व गुरु मनोहर जी के चरण स्पर्श किये तो झट से उन्होंने नारायण को गले गला लिया और फिर जेब से पचास का नोट उसे देते हुए कहा, "इसे सँभालकर रखना..." नोट देखते ही नारायण की आँख से आँसू छलक पड़े। ये वही पचास का नोट था जो कभी नारायण ने ट्यूशन पढ़ाने हेतु मनोहर जी को दिया था।

मृत्युभोज

लाल बाबू बरामदे में अपनी खटिया पर पीठ दीवाल के बल कर बैठे हैं, नीचे चितकबरी बकरी एक खूँटे से बँधी है और दो सप्ताह का उसका मेमना (पाठा) उछल-कूद कर रहा है। लाल बाबू ने बड़े प्यार से उसका नाम 'मंगला' रखा था, वो इसलिए कि उसका जन्म मंगल के रोज हुआ था। कभी-कभी मंगला फुदकी मारकर खटिया पर चढ़ जाता और लाल बाबू की लुंगी चबाने लगता। लाल बाबू को बेहद लगाव हो गया था इस पाठा से...उसके सिर को प्यार से खुजाते हुए उन्होंने अपनी पत्नी लीला को आवाज दी, "ओ लीला, जरा इधर आना!" फिर खों...खों... खो...कर खाँसने लगे।

पास आकर पत्नी ने सिर पर पल्लू सँभालते हुए कहा, "बोलिए मालिक!"

बथान पर बँधी गाय और उसके बछड़े की तरफ इशारा करते हुए लाल बाबू ने कहा, "जाकर उसे चारा-पानी दो और बछड़े को अब कुछ देर के लिए खोल दो इधर-उधर कूद-फाँद करेगा।" पत्नी ने सिर हिलाते हुए उनकी बात का अनुसरण किया और गाय को चारा-पानी दे बछड़े को खोल दिया। बछड़ा खुलते ही लाल बाबू की खटिया की पास आकर खड़ा हो गया और लाल बाबू का पैर चाटने लगा। लाल बाबू ने झिड़की देते हुए कहा, "बदमाश कहीं का!"

लाल बाबू गाँव के ही पोस्ट ऑफिस में चपरासी थे और पिछले साल ही रिटायर हुए हैं। आर्थिक स्थिति बहुत अच्छी नहीं है। फिर भी पाँच बीघा जमीन और दस-पन्द्रह आम का गाछ है। इसके अलावा एक जोड़ा बैल, गाय-बछड़ा और चितकबरी बकरी और उसका मेमना मंगला।

लाल बाबू का एक बेटा और एक बेटी है, दोनों की शादी हो चुकी है। बेटा राजेन्द्र गाँव के स्कूल से मिडिल करके खेती-बाड़ी करता है और साथ ही हल-बैल से दूसरों के खेत में जुताई करके भी अच्छी आमदनी कर लेता है। बेटी रचना की शादी हरिपुर गाँव के हरेराम से हुई है। लाल बाबू को दो साल से टीबी की बीमारी है जिसके इलाज में वे कोताही बरतते रहे परिणामस्वरूप बीमारी और बढ़ गई। पत्नी लीला लाख बार कह चुकी है कि शहर जाकर अपना इलाज ठीक से करवा लो। आज भी यही हुआ लाल बाबू ने पत्नी को मना कर दिया और कहने लगे, "अरे पगली, मेरा क्या? मैं तो बस समझो पका आम हूँ। कभी भी डाल से टूटकर..." यह सब सुनकर पत्नी रोने लगी तो ढाढ़स बँधाते हुए उन्होंने कहा, "जानती हो कितना मुश्किल से कुछ जमापूँजी इकट्ठा कर पोस्ट ऑफिस में रखी है।" फिर खाँसने लगे...खों...खो...आ...थु...!

"अरे ये क्या? आपके खखार (थूक) में तो खून है राजन के बाबू," अब हमसे बरदाश्त नहीं होगा...तभी वहाँ उनकी एकमात्र दुलारी पोती 'तितली' आ जाती है जो अभी पाँच साल की है। एकदम गोल-मटोल है। दादू मुझे चार आने दो और अपने दादा की गोद में जा बैठी।

लाल बाबू ने खूँटी पर टँगे अपने कुर्ते की तरफ इशारा करते हुए पत्नी को कहा, "लीला जेब में पड़े होंगे जरा निकालकर मेरी बिटिया रानी को दे दो।" पैसे मिलते ही तितली की खुशी का ठिकाना न रहा। वह उछलती-कूदती वहाँ से बिरेन के दुकान की तरफ भागी लेमनचूस के वास्ते...लाल बाबू ने अपनी पत्नी को कसम देते हुए कहा, "सुनो, तुम्हें मेरी कसम है कि खून वाली बात किसी को मत बताना। और हाँ,

उधर खखार (थूक) पर मिट्टी डाल दो।"

एक सप्ताह के बाद लाल बाबू ने बेटे राजेन्द्र, बहू बबीता और पत्नी को अपने पास बुलाकर कहा, "सुनो, मेरी हालत तो तुम लोग जानते ही हो! राजेन्द्र, मैं पोस्ट ऑफिस में लोगों की चिट्ठी-पत्री लिखा करता था और आई हुई चिट्ठी को लोग पढ़वाते भी थे जिसके एवज में आठ आना, चार आना, जिसको जितना मर्जी होता वे जबरदस्ती मेरे जेब में डालकर चले जाते। उस पैसे समेत मैंने अपनी तनख्वाह से भी कुछ पैसे बचाकर पोस्ट ऑफिस में जमा कर रखे हैं जो भविष्य में तुम लोगों के काम आएँगे। पासबुक टिन के उस बक्से में है जिसमें तुम्हारी माँ अधिकृत है मतलब उस पैसे को वही निकाल सकेगी।" तभी मे... मे...करता हुआ मंगला फिर आड़ी-तिरछी कूद लगाते हुए खटिया पर चढ़ गया और लाल बाबू की गोद में जा बैठा। और वे एक हाथ पोती तितली और दूसरा मंगला के सिर पर रखकर दुलार करने लगे।

सुबह लीला जब गाय-बैल को गुहार से बाहर निकालने गई तो उसके क्रन्दन से पूरा गाँव जमा हो गया। खटिया पर मुँह खोले लाल बाबू का बेजान शरीर पड़ा था...लीला जमीन पर सिर पीट रही थी। कुछ औरतें नम आँखों के साथ लीला को सँभालते हुए ढाढ़स बँधा रही थीं... पोती तितली लाल बाबू के पार्थिव शरीर से लिपटकर रो रही थी। बेटे राजेन्द्र की आँखों का तो जैसे पानी ही सूख गया था और बहू ससुर के पैर पकड़कर रो रही थी। चारों तरफ क्रन्दन, चीख-पुकार...गमगीन माहौल! गाँव के सभी लोग वहाँ जमा होकर परिवारवालों को समझाने का प्रयास कर रहे थे।

कुछ देर बाद बेटी रचना भी गिरती-पड़ती छाती पीटती अपने पिता की लाश के पास बेसुध होकर रो रही थी और बोलती जा रही थी—"हो बाबा...छोड़ी के हमरा चल गेलह आब के बैलगाड़ी लाय के हमरा आने ले जेतैय हो बाबा...गे मईया...हो बाबा..." सभी औरतें उसको सँभालते

हुए उसके अस्त-व्यस्त कपड़े ठीक कर रही थीं...चितकबरी बकरी की भी आँखें गीली थीं और मेमना मंगला एकदम शान्त खटिया के नीचे बैठा था। निमुहा गाय और बैल सब-के-सब उदास...मानो उन्हें भी इस बात का अहसास हो गया हो कि अब उनका मालिक इस दुनिया को छोड़कर जा चुका है।

गाँव के मडर फुचैय भी वहाँ आ पहुँचे और उन्होंने आते ही सबको शान्त रहने का इशारा किया और बोले, "देख रजना, अब तो जो होना था सो हो गया। लाश नीम गाछ के बगल में अपनी जमीन में जलाओगे या फिर सार्वजनिक श्मशान में?"

"सबकी सहमति जहाँ हो," राजेन्द्र ने कहा।

सबने कहा "नीम गाछ के पास..."

"फिर देर मत करो" लाल बाबू की अर्थी जब निकली तो आसपास के गाँव के लोग भी अपने आँसू नहीं रोक पा रहे थे और सभी एक भले इनसान की मौत की बातें कर रहे थे...अब कौन चिट्ठी लिखेगा और पढ़कर सुनाएगा।

दूसरे दिन भी लाल बाबू के घर लोगों का ताँता लगा रहा। फागु मोहरिल ने राजेन्द्र को सलाह दी कि शाम को सम्मत बुलाओ और क्रिया-करम, भोज-भात का कैसे इन्तजाम होगा इसके बारे में...!

शाम को अगहनु महाजन के दरवाजे पर सम्मत बुलाई गई। गाँव के सभी लोग वहाँ जमा हुए। अगहनु ने बात शुरू करते हुए कहा, "देखो रजना, लाल बाबू हम सबके प्रिय थे और उनके क्रिया-करम से लेकर भोज-भात में किसी प्रकार की कमी नहीं होनी चाहिए। परसों तो तेरात (तिसरा दिन) का भोज होगा जिसमें जलानेवाले लोग ही शामिल होंगे। करीब दो सौ आदमी के आसपास। उसके बाद सतलहान और आखिरी सपिंडन के रोज सबसे ज्यादा कम-से-कम पाँच सौ लोगों को खिलाना होगा।"

राजेन्द्र सबकी बातें सुने जा रहा था बस। तभी पिच्च से खैनी का

थूक फेकते मुसहरु ने कहा, "अरे महाजन, राजनवाँ को पैसे का इन्तजाम भी तो करना होगा, मुँहे से भोज-भात होता है क्या?"

हरिलाल ने हस्तक्षेप करते हुए मुसहरु की बात पर अपनी सहमति जताई और कहा, "कहाँ से इतना खर्चा कर पाएगा। मृत्युभोज ही तो है। दस गो दरिद्र कनटाहा को खिलाकर देवता पित्तर सबका औपचारिकता पूरा हो जाएगा। इस पर घनश्याम ने एकदम ताव में आकर हरिलाल से कहा, "रे हरिया बड़ी भचर-भचर कर रहा है, शहर से दु अक्षर पढ़ के क्या आ गया, फुटानी झाड़ता है। जब तक भोज-भात नहीं होगा तब तक लाल बाबू के आत्मा को शान्ति नहीं मिलेगी समझे...!"

घर आकर राजेन्द्र फूट-फूटकर रो पड़ता है और उसके साथ उसकी माँ, पत्नी, बहन और छोटी-सी तितली सभी के सभी सामूहिक रूप से...!

किसी तरह रात कटी। राजेन्द्र और उसकी माँ पासबुक लेकर पोस्ट ऑफिस जाते हैं तो वहाँ पोस्टमास्टर बताते हैं कि सात हजार रुपये जमा हैं। कुछ सुकून दोनों माँ-बेटे को मिलता है लेकिन भोज के हिसाब से यह रकम काफी नहीं थी।

शाम को अगहनु महाजन राजेन्द्र के घर आया और पूछा, "क्यों राजन, इन्तजाम हो गया पैसों का?" तभी उसकी माँ लीला देवी बोल पड़ती है, "कहाँ से आएगा इतना पैसा? सात हजार तो मालिक साहब जमा छोड़ गए हैं बाकी का इन्तजाम कैसे होगा। पाँच बीघा जमीन में ढाई बीघा तो बेटी रचना की शादी में आप ही के पास गिरवी रखा था साथ ही मेरी चाँदी की मोटी हँसुली भी...!" मुस्कराते हुए महाजन ने कहा, "एक काम करो एक बीघा जमीन और बैल, गाय, बकरी...। मैं बात करता हूँ किसी से...या फिर तुम्हारी माता जी चाहें तो मैं ही...! खैर, जैसा अच्छा लगे। आम का गाछ इमरजेंसी के लिए रहा...! बेहिचक बताना और मुझे गैर मत समझना। आखिर बुरे वक्त में तो इनसान ही इनसान के काम आता है। ठीक है चलता हूँ भौजी।"

राजेन्द्र को जैसे साँप सूँघ गया। वह सोचने लगा कि जिस बैल से वह कमाता है परिवार चलाता है उसको बेचकर...और गाय...तितली बगैर गाय के दूध के कैसे रहेगी? चितकबरी बकरी और बाबू जी का दुलारा मंगला...सब-के-सब बिक जाएँगे। उफ! हे भगवान...उसकी आँखों से आँसू बहने लगे।

पत्नी ने हिम्मत दी और माँ कहा, "सब दे दो महाजन को और जैसा भोज गाँव-समाज खाना चाहता है उससे भी बढ़कर खिलाओ और हाँ, यह ऐलान भी कर देना कि तू अपनी जीवित माँ के श्राद्ध का भोज भी इसी में शामिल कर खिला रहा है और फिर फफककर रोने लगी..."

"नहीं मईया...शान्त हो जाओ, मत रोओ, ये लोग जैसा चाहते हैं वैसा भोज ही खिलाएँगे, किस्मत में होगा तो जल्द ही मेहनत-मजदूरी कर सब छुड़ा लेंगे...!"

लीला देवी का कलेजा फट गया मानो जब बथान पर गाय, बैल कुछ भी नजर नहीं आया तो...रोते हुए मासूम तितली दादा जी की खटिया के नीचे तो कभी बैठक में चितकबरी बकरी और मंगला को ढूँढ़ रही थी... उसे लग रहा था कहीं से मे...मे...करता हुआ नटखट मंगला उछलता-कूदता सामने आ जाएगा...लेकिन उस मासूम को क्या मालूम कि मंगला सामाजिक कलंक मृत्युभोज का शिकार हो चुका है...खूँटे में बँधी खाली रस्सी को देखकर सब-के-सब मानो पत्थर के हो गए थे...!

मोहिनी

पटना यूनिवर्सिटी के गेट पर अभी पैर रखा ही था कि पीछे से आवाज आई, "ऐ प्रदीप!" आवाज जानी-पहचानी थी सो पीछे पलटकर देखा तो आरिफ भाई अपनी चिर-परिचित मुस्कान के साथ...।

"और आजकल क्या कर रहे हो? सिम्मी कैसी है? बेटी आकांक्षा और माँ?"

एक ही साँस में आरिफ भाई ने इतने सवाल कर डाले कि मुझे समझ में ही नहीं आ रहा था पहले कहाँ से शुरू करूँ।

फिर उन्होंने मुझसे कहा, "चलो रामायण चाचा की चाय की दुकान पर चलते हैं। वहीं पीपल के नीचे चबूतरे पर बैठकर बातचीत करेंगे।"

उन्होंने मुझे अपनी बाइक पर बैठने का इशारा किया और कुछ ही देर में हम रामायण चाचा की चाय की दुकान पर दो चाय और गोल्ड फ्लैक सिगरेट का ऑर्डर देकर चबूतरे पर बैठ गए। आरिफ भाई से मुखातिब होते हुए मैंने कहा, "आकांक्षा बिटिया अब स्कूल जाने लगी है। इस बार छठी कक्षा में गई है। सिम्मी ने घर पर ही एक बुटीक खोल लिया है साथ ही ब्यूटी पार्लर। माँ की सेहत इन दिनों पहले से बेहतर है लेकिन पोते के लिए मुझे न जाने कितनी बातें सुनाती हैं। सिम्मी को तो आप भली-भाँति जानते हैं, ऊपर से हमारी लव मैरिज...।"

चाय की चुस्की लेते हुए आरिफ भाई सिगरेट के धुएँ को भी पी जाते

हैं फिर कुछ देर बाद गीले धुएँ को वे अपने ही अन्दाज में बाहर छोड़ते हैं। यह उनकी पुरानी आदत है। फिर उन्होंने दरभंगा हाउस में जाते छात्र-छात्राओं की ओर देखते हुए मुझे इशारे से कहा, "अपने दिन याद हैं?"

मैंने कहा, "वो दिन भी कभी भूले जा सकते हैं क्या?"

फिर उन्होंने कहा, "वो कमरा; अब भी है या...?" सुनकर मेरा सिर चकरा गया।

जवाब देने में देरी हुई तो उन्होंने झल्लाकर पूछा, "अबे किस दुनिया में खो गए?"

"मैं, मैं अरे कुछ नहीं भाईसाहब, बस सिगरेट खत्म करके जवाब दूँगा यही सोच रहा था।"

न चाहते हुए भी मुझे उस बैचलर कमरे के फ्लैशबैक में जाना पड़ा। मैंने उनसे मुखातिब होते हुए कहा, "आप तो जानते ही हैं जगदेव पथ की उस सुनसान गली में मेरा एक प्यारा-सा कमरा था और आप भी अनेक बार वहाँ ठहर चुके हैं। तब मैं और आप इसी दरभंगा हाउस से रूरल मैनेजमेंट कर रहे थे। साथ ही उन दिनों मैं टाइम्स ऑफ इंडिया में काम भी करता था।"

"अरे आगे तो बता," उन्होंने मेरी आँखों में अपनी आँखें गड़ाते हुए कहा।

"मोहिनी को तो आप भूले नहीं होंगे?" इतना सुनते ही उनके चेहरे का हाव-भाव ही बदल गया। फिर मैंने कहा, "2003 में हम सभी फाइनल ईयर समाप्त कर विभिन्न प्रकार के जॉब की जुगाड़ में लग गए थे। आप भी यूनिसेफ में चले गए। फिर प्रतियोगी परीक्षा पास करके पुलिस में रोबदार पदाधिकारी बन गए और वर्तमान समय में सीनियर पुलिस अधिकारी हैं, मैं अखबार में ही खपा हूँ मीडिया मेरी पहचान बनकर रह गया है।"

"अंजुम अख्तर का क्या हुआ?" उन्होंने घूरती नजरों से मुझसे पूछा।

उनके इस सवाल ने मुझे अन्दर तक हिला दिया था। कुछ देर तक

खामोश रहने के बाद मैंने कहा, "आप तो जानते हैं कि मेरा वो बैचलर कमरा दोस्तों को समर्पित था। मैं सुबह दस बजे निकलता तो शाम को ही वापस आता। लेकिन मैं कमरे में रहूँ या न रहूँ अपने यहाँ आने वाले दोस्तों को मैंने कभी मना नहीं किया। परन्तु इतनी जरूर हिदायत देता था कि कोई भी मेरे सामने या पीछे लड़की लेकर मौज-मस्ती करने यहाँ नहीं आएगा। उन दिनों पटना में मेरे परिचित दोस्त जिनकी परीक्षा पटना में होती या जिन्हें कमरा खोजने में एकाध सप्ताह का समय लगता तो उन्हें हार्डिंग पार्क बस स्टैंड, या पटना जंक्शन से सीधे मेरे कमरे पर ही आना होता था।

"उन्हीं दिनों अंजुम अख्तर से एक साहित्यिक कार्यक्रम में मुलाकात हुई थी। हम दोनों ने घंटों बात की और फिर दूसरे दिन खुदाबख्श लाइब्रेरी में शाम को मिलने का समय तय कर मैं वापस अपने कमरे पर आ गया। दूसरे दिन जब हम मिले तो वे कुछ मायूस दिखे तो मैंने इसका कारण उनसे पूछ डाला। लम्बी साँस छोड़ते हुए उन्होंने कहा, "जानते हैं प्रदीप भाई, एक बार मैं मुम्बई में अपनी गीत और नज्म की डायरी लेकर एक मशहूर संगीतकार से मिला। वे मेरी डायरी में लिखे एक-एक शब्द को गम्भीरतापूर्वक पढ़ते चले गए। उन्होंने मेरी डायरी रख ली और अपना कार्ड देते हुए मुझसे कहा कि पढ़कर एकाध सप्ताह के बाद आपको अपनी राय बता दूँगा। लेकिन मेरे अनेक बार जाने के बाद भी वे कुछ-न-कुछ बहाना बना देते। फिर एक दिन तो हद ही हो गई, उन्होंने मुझे डाँटते हुए कहा, "अरे यार कुछ खास नहीं था तुम्हारी डायरी में, ऑफिस में कहीं रख दी थी मिल ही नहीं रही।"

कुछ महीने बाद मैंने अपने ही लिखे गाने को कहीं बजते सुना, मुझे काफी खुशी हुई। लेकिन जब मैंने पता किया तो उस फिल्म के गीतकार के रूप में किसी और का नाम था। फिल्म के चार गाने जो काफी हिट हुए थे मेरे ही लिखे हुए थे। मेरा सब कुछ बर्बाद हो चुका था।

"चूँकि मैंने फाइन आर्ट का कोर्स भी किया था, सो पोर्ट्रेट बनाना शुरू कर दिया और छात्रों को ट्रेनिंग भी देना शुरू कर दिया। अब वापस न तो मुम्बई जाऊँगा और न ही अपने घर गिरीडीह। पटना में अगर कुछ दिन कहीं सर छुपाने की जगह मिल जाए तो यहीं रहकर कुछ नया करने का जुगाड़ लगा सकता हूँ," उन्होंने मेरी ओर आग्रह-भरी नजरों से देखते हुए कहा।

"मैंने अंजुम भाई को अपने कमरे पर अपने साथ रहने का आग्रह किया तो वे झट से तैयार हो गए। मैंने उनको अपना कार्ड देकर कहा, कल शाम को आ जाइए। दूसरे दिन वे मेरे ऑफिस से आने के बाद शाम को आठ बजे हाजिर हुए, तब मैं शाम को अपनी आदत...रम को गिलास में डाल रहा था। हाथ में सूटकेस उठाए अंजुम भाई को मैं दूसरे कमरे में ले गया और जमीन पर लगे बेड की ओर इशारा करते हुए कहा कि आज से आपका हुआ। अब तक मैं दो पैग गले में उतार चुका था तभी मेरी नजर अंजुम भाई पर पड़ी जो मेरी चित्र गैलरी की तरफ जाकर हर एक चीज को बहुत गौर से देख रहे थे।" अभी मैं आरिफ भाई को ये कहानी सुना ही रहा था कि उन्होंने फिर से कहा, "अरे यार मोहिनी का क्या हुआ?" मैंने उनसे कहा अब मोहिनी का ही प्रसंग आगे आनेवाला है।

"दूसरे दिन सुबह मैंने अपने ऑफिस जाने से पहले चाय बनाकर अंजुम भाई को पिलाई। फिर उनसे यह कहकर विदा ली कि खाना आपके लिए ढककर रखा हुआ है और हम शाम को मिलेंगे।

"उस दिन ऑफिस में अचानक मोहिनी का फोन आया और वह बोली वह किसी जरूरी काम से मुझसे मिलना चाहती है। हालाँकि कॉलेज के बाद दोस्तों की शादियों या पार्टी में हमारी मुलाकात होती रहती थी। लेकिन...खैर मैंने उसे कहा जगदेव पथ में मेरा कमरा है और एड्रेस भी उसे लिखवा दिया और शाम को पाँच बजे उसे आने को कहा।

"उस दिन मैं ऑफिस से आधे घंटे लेट पहुँचा। आधा गेट खुला

हुआ था और उसका पल्ला हटाया हुआ। भीतर प्रवेश करते ही मैंने देखा मोहिनी अंजुम भाईसाहब के साथ हँस-हँसकर बात कर रही थी। मुझे देखकर दोनों सामान्य होने लगे तो मैंने झट से कहा—अब तो मुझे परिचय करवाने की भी जरूरत नहीं है और फिर सभी लोग ठहाके...।"

"मोहिनी, मैंने और आरिफ भाई ने एक साथ ही मैनेजमेंट की पढ़ाई पटना यूनिवर्सिटी के दरभंगा हाउस से पूरी की थी। एक बात और मोहिनी के साथ उसकी बहन रेखा भी हमारे साथ ही थी। लेकिन मोहिनी की तरह वह खूबसूरत नहीं थी और मोहिनी की सबसे बड़ी खूबसूरती उसकी कजरारी आँखें थीं। आखिरी पीरिएड में अक्सर मोहिनी मुझसे गाने की फरमाइश करती और मैं उस दिन जरूर गाता। मुझे हमेशा याद रहेगा कि जिस दिन 'अमानुष' फिल्म का गाना—दिल ऐसा किसी ने मेरा तोड़ा—गाया था, गाना खत्म होने के बाद सभी ने खूब तालियाँ बजाई थीं लेकिन मोहिनी आगे की बेंच से उठकर मेरे पास आकर मेरी पीठ को थपथपाकर बोली थी—आप बहुत अच्छा गाते हैं, आपकी आवाज और सुर दोनों ही बहुत अच्छे हैं।

"उस दिन मेरे कमरे पर मोहिनी ने मुझसे कहा कि वह कोई काम करना चाहती है। और यह भी बताया कि घर में वो चार जवान बहनें हैं, पिताजी रिटायर हो चुके है, पेंशन पर घर खर्च और हम बहनों की पढ़ाई चल रही है। मोहिनी ने मुझसे कहा कि मैं उसे काम दिलवाने में उसकी मदद करूँ। मैंने उससे कहा कि ठीक है मैं दो-तीन जगहों पर बात करता हूँ, तुम संजय से भी कहो, अब तो बीपीएससी पास कर डीएसपी बननेवाला है, वैसे भी वह तुम्हारा सबसे खास दोस्त है। हम दोनों की बातें अंजुम भाई काफी गौर से सुन रहे थे। फिर मैं मोहिनी को ऑटो में बिठाने जा रहा था तो अंजुम भाई भी साथ हो लिये। मैंने एक बात जो नोटिस की थी वह यह कि मोहिनी जाते समय अंजुम भाई की आँखों में आँखें डालकर गौर से उन्हें देख रही थी।

"मोहिनी के जाने के बाद मैंने अपनी रम की बोतल खोली और अंजुम भाई की तरफ बनारसी भूँजा वाला का भूँजा बढ़ाते हुए कहा, 'क्यों भाईजान, हो जाए एक-एक पैग!' उन्होंने कहा कि वे नहीं पीते। इतना ही नहीं उन्होंने यह भी कहा कि हमारे खानदान में कोई भी शराब नहीं पीता है। भूँजा खाते हुए मैंने उनसे पूछा कि मोहिनी आपको कैसी लगी। सुनकर उनके चेहरे का रंग मानो यकायक फीका पड़ गया हो। उन्होंने कहा ठीकठाक लगी।

"मैं रोजाना दस बजे तक ऑफिस निकल जाता और शाम को सब्जी, रम की बोतल और जरूरत के सामान के साथ हाजिर हो जाता। अब तो अंजुम भाई मेरे इतने करीब आ चुके थे कि हम एक साथ ही सोते, उठते-बैठते। शनिवार की रात पत्रकार मित्र अभिषेक, कुछ साथ काम करने वाले तो कुछ स्ट्रगल करनेवाले दोस्तों की महफिल सजती। कोई चिकन, कोई सलाद का सामान, कोई गमकौआ अरवा चावल तो कोई रम की पूरी बोतल लेकर हाजिर हो जाता। पता नहीं कब खत्म होती थी हमारी पार्टी, बस सुबह उनमें से कुछ दोस्तों को देखकर हैरानी होती और मन-ही-मन मुस्कराकर रह जाता और अंजुम भाई नीबू मसाले वाली चाय पिलाकर हमारे हैंगओवर को खत्म करवाते।

"एक दिन जब मैं शाम को वापस घर लौटा तो हल्की बारिश हो रही थी। अंजुम भाई घर में नहीं थे। मेरी चित्र गैलरी की खिड़की खुली हुई थी, मैं उसे बन्द करने जा रहा था तभी मेरी नजर कपड़े से ढके हुए पोर्ट्रेट पर गई। चूँकि मौसम सुहाना था सो मैं आदतन रम की बोतल की तरफ खिंचा चला गया और दो पैग लेने के बाद मेरे मन में जिज्ञासा हुई कि पोर्ट्रेट से कपड़ा हटाकर देखूँ और मैं धीरे-धीरे उधर चल दिया। जैसे ही मैंने पोर्ट्रेट से कपड़े हटाया मेरी आँखें फटी-की-फटी रह गईं। हूबहू साक्षात मोहिनी, गजब की सिद्धहस्त कलाकारी। इतनी खूबसूरत पेंटिंग मैंने पहली बार देखी थी। मेरे मन में अनेक तरह की बातें कौंध रही थीं।

तो क्या मेरे पीठ पीछे अंजुम भाई और मोहिनी...।

"मैंने निश्चय किया कि मैं इस बारे में अंजुम भाई से कोई बात नहीं करूँगा, क्योंकि मैं अपने बेहद करीबी दोस्त को चोट पहुँचाना और खोना नहीं चाहता था। महीने-भर के बाद कालिदास रंगालय में तनवीर अख्तर द्वारा निर्देशित नाटक के मुझे दो-चार पास प्राप्त हुए। मैंने अंजुम भाई को साथ में नाटक देखने के लिए कहा और वे तैयार भी हो गए।

"फ्रेजर रोड पर जब आए तो अचानक अंजुम भाई ने कहा, 'अरे संजय का कमरा तो इधर ही है न...क्यों न उससे मिलते चलें, मैंने भी अपनी सहमति दे दी और पहुँच गए संजय भाई के घर...कमरे का दरवाजा अन्दर से बन्द नहीं था इसलिए थोड़ा-सा धकेलते ही किवाड़ का पल्ला खुल गया और सामने जो दृश्य था उसे शब्दों में पिरोया नहीं जा सकता। अंजुम भाई तेजी से वहाँ से निकल लिये और मैं शर्म से जम गया मानो। संजय और मोहिनी एक-दूसरे के साथ...।

"बिना कुछ बोले मैं भी वहाँ से बाइक के पास आ गया जहाँ मैंने अंजुम भाई को काफी टेंशन में देखा। मेरे पास आते ही उन्होंने मुझसे कहा, 'प्रदीप भाई, आज मुझे शराब पीनी है।' सुनकर मैं दंग रह गया। मैंने कहा, 'आप और शराब?' उन्होंने कहा, 'हाँ सही सुना, मैं आज शराब पीना चाहता हूँ।'

"कुछ देर के बाद हम दोनों पटना जंक्शन के सामने पुराने जेल के पास राजपाल होटल के एक कैबिन में बैठे थे और मिलकर एक हाफ बोतल समाप्त कर चुके थे। मेरे लिए घोर आश्चर्य की बात यह थी कि जो आदमी कभी शराब छूता तक नहीं था वह इतनी कैसे गटक गया और बिलकुल सही-सलामत है। अंजुम भाई ने मुझसे कहा कि अब वे नाटक देखने नहीं जाएँगे, क्योंकि जिन्दगी का असली नाटक उन्होंने संजय के कमरे में देख लिया। फिर उन्होंने टाइम देखा और मुझे कहा, 'अभी नौ बजे रहे हैं, गाड़ी में अभी टाइम है।' मैंने चकित होकर उनसे पूछा, 'तो

क्या आप चले जाएँगे?' उन्होंने कहा, 'अब रहने की वजह भी तो नहीं रही,' फिर उन्होंने कहा, 'यार मुझको माफ करना। मोहिनी और मैं रोज घंटों हमबिस्तर होते थे।' हम दोनों शादी करनेवाले थे। लेकिन मुझे क्या मालूम था कि संजय...।

"लेकिन मैं सब कुछ भलीभाँति समझ चुका था। मोहिनी एक साथ दोनों से डेटिंग कर रही थी और लिव-इन-रिलेशनशिप में थी। मोहिनी मिडिल क्लास फैमिली से थी। ऐसी विषम परिस्थितियों में उसे व उसके परिवार को आर्थिक रूप से सहारे की जरूरत...लेकिन दोनों के बीच किसे चुने, इसको लेकर कन्फ्यूज थी। एक तरफ वह अंजुम से बेपनाह प्यार करती थी तो दूसरी ओर संजय से नजदीकी, उसकी रुतबेदार नौकरी, पैसा सो उसने न चाहते हुए भी मजबूरी में शादी के लिए संजय को चुना।"

आरिफ भाई अपनी आँखों से आँसू पोछते हुए मुझसे बोले, "आगे क्या हुआ?"

"होना क्या था कमरे पर आकर अंजुम भाई ने अपना सूटकेस समेटा और चल दिये हमेशा के लिए, मेरे लाख मना करने पर भी वे नहीं माने, और जाते-जाते बस इतना ही कह गए कि कभी किसी लड़की से मोहब्बत मत करना वरना मेरी तरह टूट जाओगे।

"उनके जाने के बाद मैंने वो कमरा छोड़ने का फैसला कर लिया और पाटलिपुत्र कॉलोनी में कमरा पसन्द भी कर लिया। सामान पैकिंग के क्रम में मुझे एक डायरी मिली जो अंजुम भाईसाहब की थी। इस डायरी में सब कुछ उर्दू में लिखा था। बाद में ऑफिस के एक उर्दू जाननेवाले को मैंने उसे हिन्दी में ट्रांसलेट करने के लिए दिया और कुछ दिनों के बाद जब उन्होंने हिन्दी में अनुवाद करके मुझे दिया तो पढ़ते-पढ़ते मेरी आँखों से आँसू बहने लगे।

मोहिनी को समर्पित यह डायरी दोनों के एक साथ बिताए एक-एक सेंकंड का दस्तावेज थी। मोहिनी रोज मेरे कमरे पर बारह से एक बजे

के बीच आती और शाम को चार से पाँच बजे तक चली जाती। अंजुम भाई एक जगह लिखते हैं, 'कल का क्या पता हम या तुम एक-दूसरे की जिन्दगी में रहें या न रहें लेकिन मोहब्बत पागलों की तरह करूँगा ठीक वैसे ही जैसे तुम मेरे सीने से चिपककर बेसुध हो जाती हो और कभी पागल की तरह चूमकर मेरे चेहरे को गीला कर देती हो तो कभी अपने आँसूओं से...। पगली...तुम मृगनैनी हो, तुम्हारी आँखों में जादू है, जिसकी नजर में नजर डालकर देखोगी उसकी हालत ठीक मेरे जैसी होगी। शायद पागल भी हो जाए, जैसे मैं हुआ। तुम्हारी साँसों की खुशबू से मेरा तन-मन बहक जाता है। हमेशा की तरह गोद में उठाकर तुम्हें बिस्तर तक...उफ़! तुम्हारा अन्धा प्यार, समर्पण...!

"पता नहीं मैं कितने दिन जिन्दा रहूँगा। लेकिन इस जन्म में जितना भी एक प्रेमिका, पत्नी से जो भी जितना भी मुझे मिल सकता था तुमने मुझे थोड़े समय में ही मेरे सोच से भी ज्यादा बढ़कर दिया है। तुमसे शादी तुम्हारे रीति-रिवाजों से करूँगा और अगर जरूरत पड़ी तो तुम्हारे लिए मैं अपना धर्म परिवर्तन भी कर लूँगा। मेरी स्क्रिप्ट और गीत दोनों ही फाइनल हो गए हैं मुझे जल्द ही मुम्बई बुलाया गया है और पचास हजार का चेक भी मुझे मिल गया है जिसे अपनी शादी में तुम्हारे लिए खर्च करूँगा। मैंने जन्नत का नाम सुना था लेकिन तुम्हें पाकर इसे महसूस भी कर लिया। अगर हम नहीं मिल पाए तो समझ लेना शरीर और आत्मा दोनों अलग हो गए और बगैर तुम्हारे जीना मेरे लिए मुश्किल ही नहीं नामुमकिन होगा। तुम्हारी यादों के सहारे कुछ दिनों तक जिन्दा रहने के बाद मर जाऊँगा, यही सच्चाई है...। आगे कुछ ऐसी बातें लिखी थीं जिन्हें पढ़ने की हिम्मत मुझमें नहीं थी, उस अधूरी दास्ताँ को मैं अधूरा छोड़कर अपने आँसू पोछते हुए कमरे से बाहर निकल गया।"

पिता

मैं सोसाइटी पार्क की बेंच पर बैठे रामेश्वरम जी को बहुत देर से नोटिस कर रहा था। दिल्ली के पांडव नगर के बीचोबीच है यह सोसाइटी पार्क।

आज छुट्टी का दिन है तो बच्चे, महिलाओं समेत सभी उम्र के लोग अलग-अलग कार्यकलापों में व्यस्त और मस्त थे। जनवरी में दिल्लीवालों को धूप और वह भी छुट्टी वाले दिनों में सूर्य देवता के मूड के हिसाब से ही नसीब होती है।

मैं धीरे-धीरे रामेश्वरम अंकल के पास पहुँचा, जो हमारे डी-ब्लॉक में रहनेवाले सतीश पांडेय जी के पिता थे। अभी एक साल पहले एमटीएनएल के टेक्निकल एसडीओ पद से सेवानिवृत्त हुए हैं।

मैंने कहा, "नमस्कार अंकल। कैसे हैं आप?" उन्होंने मेरी तरफ देखते ही कहा, "अरे तरुण तुम?" मैंने कहा, "जी, बगल में सब्जी मार्केट से सब्जी खरीदने आया था, सोचा थोड़ी धूप सेंक लूँ। सतीश जी और सुषमा जी कैसे हैं? और अक्षित और नैंसी...।"

वे कुछ नहीं बोले, मैंने गौर से उनके चेहरे पर नजर आ रही काली छाया को देखा। वे काफी चिन्तित नजर आ रहे थे। भीतर का दर्द उनके चेहरे पर आसानी से पढ़ा जा सकता था। फिर उन्होंने इधर-उधर देखकर मुझे अपने बगल में बैठने का इशारा किया।

"क्या बताऊँ बेटा, तुमसे क्या छिपा है? तुम तो सतीश और सुषमा

को अच्छी तरह से जानते हो। रिटायरमेंट के बाद से रोज किचकिच करते हैं। मेरे ऊपर तो रिटायरमेंट के बाद दुखों का पहाड़ टूट पड़ा है जैसे... मेरा दैनिक रुटीन फिक्स कर दिया गया है।

"सुबह-सुबह बहू ने बच्चों को स्कूल पहुँचाने और फिर दो बजे लाने की नौकरी फिक्स कर दी है। साथ ही सब्जी, दूध, वगैरह...! सतीश तो सुबह तैयार होकर बैंक की ड्यूटी के लिए निकल जाता है। तुम तो जानते हो कि जब तक सतीश की माँ जिन्दा थी मेरी देखभाल उसके जिम्मे थी। सतीश की माँ के गुजरने के बाद से मैं एक जिन्दा लाश बनकर अपने बहू-बेटा की चाकरी कर रहा हूँ। सतीश की माँ मेरी आत्मा थी, न जाने मेरी किस्मत में उसका साथ जिन्दगी-भर का क्यों नहीं लिखा ईश्वर ने...।

"जब मेरी नौकरी लगी तो पोस्टिंग दिल्ली के ही लक्ष्मी नगर में हुई। कुछ वर्षों बाद इस इलाके में जमीन और फ्लैट बिकने शुरू हुए तो मेरे मित्र सरोज चावला ने मुझसे कहा कि मैं भी एक प्लॉट खरीद लूँ, वह कुछ कम रेट में दिलवा देगा। जब मैंने सतीश की माँ से इस बारे में बात की तो पहले तो उसने मना कर दिया फिर बाद में उसने मुझे समझाया कि—देखिए, आपकी चार बेटियाँ और एक बेटा है और अभी सबकी पढ़ाई जरूरी है। हाँ मेरे बाबू जी ने बिदाई में जो दो बीघा जमीन दान में दी है, उसका मोलभाव बढ़िया से करके उसे बेच दीजिए और उन पैसों से आप दिल्ली में घर बना लीजिए।

"कितने ठाठ से हम अपने छोटे से शहर बेगमपुर में रहा करते थे। सतीश की माँ साक्षात लक्ष्मी थी। मैंने जीवन में जो भी तरक्की की उसमें उसकी बहुत बड़ी भूमिका थी। वह मेरा खयाल बच्चे की तरह रखती थी। वह हमेशा मुझे कहा करती थी कि—मेरे गुजर जाने के बाद आपका खयाल कौन रखेगा स्वामी? सतीश तो दिल्ली में बहू और पोते के साथ आराम की जिन्दगी जी रहा है। बहू भी नये जमाने की है, पता

नहीं उससे कैसे निभेगा? हाँ, आपकी चार बेटियाँ हैं, जो आपको कभी किसी के आगे मजबूर नहीं होने देंगी, बस आप लोक-लाज का खयाल अपने मन से त्याग दीजिएगा। बेटा-बहू का मुझे तनिक भी भरोसा नहीं है कि कल उनका व्यवहार आपके प्रति कैसा रहेगा? सब कुछ उन्हें दे देना लेकिन गाँव की जमीन और घर कभी भी किसी सूरत में मत देना। आप चारों बेटियों को कुछ नहीं भी देंगे तब भी वे आपको भगवान की तरह मानेंगी और मानती भी हैं।" और जो एक गुप्त बात है जिसे आपके और मेरे अलावा आपकी चारों बेटियाँ ही जानती हैं, वह बात समय पर काम आएगी।"

फिर उन्होंने कहा, "अरे मैंने गाँववाली थोड़ी जमीन और पुराना घर बचाकर रखा है, इसकी चर्चा भूलवश भी कभी सतीश या उसकी पत्नी से मत करना। वरना एक हाथ काटकर तो मैं दे चुका हूँ बाकी बची आस भी...!" रामेश्वरम अंकल सुबक-सुबक के रोने लगे तो मैंने उन्हें शान्त किया। मैं भली-भाँति समझ रहा था कि उनके भीतर कितना दर्द है।

"अब ईश्वर के फैसले को कौन बदल सकता है बेटा! अब तो एक प्याली बेड टी तो दूर...।"

मैंने उनकी गीली आँखें चुपके से देख ली थीं। झूठी हँसी अपने चेहरे पर लाकर मैंने उनसे कहा, "अंकल, एक मकान के बाद ही तो मैं रहता हूँ, आप सुबह उठकर मार्निंग वॉक के बाद मेरे घर आ जाया करें, साथ-साथ गर्मागर्म अदरक वाली चाय...।"

"काश ऐसा हो पाता बेटा...सुबह छह बजे ही मुझे दूध लाने के लिए मदर डेयरी जाना होता है। फिर दोनों बच्चों को स्कूल के लिए तैयार करना और स्कूल के लिए खटारा स्कूटर से लक्ष्मी नगर पहुँचाना पड़ता है। मेरी जिन्दगी यहीं तक सिमटकर रह गई...।

"आओ किसी दिन घर पर बेटा! सतीश से भी मुलाकात हो जाएगी। चलूँ मुझे भी सब्जी ले जानी है। देखो न तुमसे बातें करते-करते समय

का ध्यान ही नहीं रहा। पता नहीं आज सुषमा कहीं रात के भोजन पर ही ग्रहण न लगा दे।"

मैं रामेश्वरम अंकल को कोई पाँच साल से जानता हूँ। तब मैं गणेश नगर में अपने एक दोस्त के साथ उसके कमरे में ही रह रहा था। मेरा दोस्त रमेश और सतीश जी कनॉट प्लेस की एक ही प्राइवेट कम्पनी में काम करते थे। अपने दोस्त रमेश के साथ मुझे कई बार रामेश्वरम जी के घर जाने का मौका मिला था। तब सतीश की माता जी जिन्दा थीं और मुझे अपने बेटे जैसा मानती थीं। मैं उनके मायके के गाँव बेगमपुर का रहनेवाला था शायद इसलिए भी ज्यादा स्नेह था मुझसे। अपने मित्र रमेश के साथ मैं सतीश के बगल वाली गली में रहता था लेकिन कुछ दिनों बाद रमेश का ट्रांसफर रोहिणी सेक्टर-15 हो गया वह वहाँ शिफ्ट हो गया।

हालाँकि रमेश ने मुझसे कई बार आग्रह किया कि मैं भी उसके साथ चलूँ लेकिन मेरा ऑफिस ठीक विपरीत दिशा में और रोहिणी से काफी दूर था इसलिए मैंने आभार व्यक्त करते हुए उसे मना कर दिया।

रमेश बाबू के जाने के बाद सतीश की माँ करुणा आंटी ने ही मुझे शर्मा जी के D/A—73 मकान में एक कमरा किराये पर दिला दिया था। इसके बाद जब मैं एक माह की छुट्टी लेकर अपने गाँव बेगमपुर गया जहाँ हम चारों भाइयों के बीच सम्पत्ति का बँटवारा होना था, एक दिन अचानक मुझे सतीश की माँ के निधन की खबर सुनने को मिली थी। मेरी आँखों से आँसू बहने लगे और मुझे रामेश्वरम अंकल का चेहरा...। पत्नी की मृत्यु के बाद रामेश्वरम अंकल की जिन्दगी दयनीय हो गई थी।

पार्क में रामेश्वरम अंकल से हुई मुलाकात के बाद कई दिन तक मेरा उनका आमना-सामना नहीं हुआ तो एक दिन अचानक मैं रामेश्वरम अंकल के घर चला गया। अभी मैंने गेट पर लगी कॉलबेल पर अँगूठा रखा ही था कि सुषमा की कड़कड़ाती आवाज सीधे मेरे कान में लोहे की गर्म सलाखों जैसी घुस गई।

"हाँ-हाँ चले क्यों नहीं जाते अपने गाँव, और वैसे भी आपने हमारे लिए छोड़ा भी क्या है? अपनी चारों बेटियों की शादी के लिए ऑफिस से कर्ज ले-लेकर रिटायरमेंट तक कंगाल होकर हमारे ऊपर बोझ बने हुए हैं...!"

"बहू अब बस भी करो, सतीश को पढ़ाने के लिए लाखों खर्च किये हैं, और बच्चों के एडमिशन में भी मोटी रकम डोनेशन के लिए मैंने दी है। और इस मकान की रजिस्ट्री भी तुम लोगों ने जबर्दस्ती अपने नाम करवा ली। यह मकान मैंने शकुन्तला के पिता द्वारा दी हुई दो बीघा जमीन बेचकर खरीदा था और बड़े प्यार से इसका नाम 'शकुन्तला विला' रखा था..." रामेश्वरम अंकल की आवाज में थरथराहट उनके दर्द, आँसू, लाचारी को साफ बयाँ कर रही थी।

थरथराती आवाज में रामेश्वरम अंकल ने कहा, "रिटायरमेंट के रुपयों से मैंने तुम सबके सुनहरे भविष्य का निर्माण किया है। अगर तुम्हें या फिर सतीश को ऐसा लगता है तो फिर तुमने सच कहा मैं कंगाल हूँ...।"

मेरे कदम मानो वहीं बाहर बरामदे में जम गए हों जैसे।

सुषमा के दोनों बच्चे अपने दादा से लिपटकर रो रहे थे और कह रहे थे, "हमें छोड़कर कहीं मत जाना दादा जी।" तभी सतीश की आवाज आई। उसने बच्चों को डाँटते हुए कहा, "चलो छोड़ो दादा जी को और जाकर अपना होमवर्क करो, और हाँ कल से स्कूल के लिए ऑटो रिक्शा वाला आकर खुद ले जाएगा। चलिए पिताजी आपकी ट्रेन का टाइम हो रहा है, जल्दी कीजिए।"

तभी रामेश्वरम अंकल के गले से भर्राई हुई आवाज आई—"ठीक है बेटा, अभी मेरी चारों बेटियाँ हैं...ईश्वर तुम लोगों को सदा खुश रखे..."

मैंने चुपचाप अपनी आँखें पोंछते हुए तेजी से गली पार की और उस पार्क के कोने में बैठकर खूब रोया। पता नहीं कब तक!

माँ

उस बुजुर्ग महिला को फर्श पर पोंछा लगाते देख मेरे मन के भीतर एक अजीब-सी सिहरन और दर्द का ज्वार-भाटा उत्पन्न हो रहा था। वह कँपकँपाते हाथों से अपना काम कर रही थीं, और बीच में रुक-रुककर खाँस भी रही थीं। उनके चेहरे की झुर्रियों में मुझे अनगिनत दर्द की आती-जाती तिरछी रेखाएँ साफ दिख रही थीं। तभी भीतर से तेज आवाज आई, "सुनो, अगर साफ-सफाई का काम हो गया हो तो किचन में जाकर जूठे बर्तनों को अच्छी तरह माँज लेना, और हाँ, बाथरूम में मेरे और बच्चों के कपड़े पड़े हैं उन्हें भी अच्छी तरह से धोकर छत पर पसार देना।" पता नहीं पिछले जन्म में मैंने कौन से पाप किये थे जिसकी सजा मुझे तुमको झेलते हुए मिल रही है।

उस बूढ़ी औरत ने कोई जवाब नहीं दिया, बस अपनी गीली आँखों को पोंछते हुए सिर हिलाकर अपनी सहमति जता दी। मैं आगे कुछ समझ पाता तभी मिसेज भाटिया की नजर मुझ पर पड़ी और बोलीं, "अरे भाईसाब आप कब आए? आइए न बैठिए।"

मैंने कहा, "नहीं थोड़ा जल्दी में हूँ। राकेश जी ने मुझे ये थैला आपको देने को बोला था, लीजिए।"

थैला खोलते ही मिसेज भाटिया की आँखों में जैसे हजारों जुगनुओं की दूधिया रौशनी की चमक पैदा हो गई—"अरे वाह! राकेश आई लव

यू माई डार्लिंग!!" और फिर वह उस थैले से एक साड़ी निकालकर उसे चूमने लगीं।

मैंने कहा, "अच्छा मिसेज भाटिया अब मैं चलता हूँ।"

"अरे चाय तो पीकर जाइए, आज मैं बहुत खुश हूँ..."

तभी मैंने उस वृद्ध महिला के जोर-जोर से खाँसने की आवाज सुनी। मुझसे रहा न गया और मैं पूछ बैठा, "मिसेज भाटिया, यह वृद्ध माता जी कौन हैं?"

सुनते ही मिसेज भाटिया ने कहा, "अरे वो! राकेश के गाँव से आई हैं, बेचारी विधवा और नि:सन्तान हैं। दूर के रिश्ते से राकेश की चाची लगती हैं सो राकेश इस बार गाँव गए तो इन्हें भी साथ लेते आए। अच्छा ही है, बेचारी का कोई सहारा भी नहीं था। यहीं काम-धाम करती हैं। राकेश को तो आप जानते ही हैं कितने दयालु हैं, सो उन्होंने कहा इधर-उधर कहाँ जाएँगी इन्हें अपने ही घर में रख लेते हैं। घर का काम-धाम भी हो जाएगा और इन्हें सहारा भी मिल जाएगा लेकिन इन्हें तो रोज कुछ-न-कुछ बीमारी होती रहती है।"

थोड़ी देर में जब वह वृद्ध माताजी हाथ में पानी और चाय की ट्रे लेकर सामने आईं तो उनके थरथराते हाथों से मैंने लपककर ट्रे पकड़ ली। मैंने गौर से उनके चेहरे को देखा और जो समझ में आया वह मेरे लिए असहनीय था। दया और घृणा के भँवर में फँसा मैं खुद को असहाय महसूस कर रहा था। मैंने विनम्र भाव से उनसे बैठने का आग्रह किया। मेरे इस आग्रह से मैं उनके चेहरे की झुर्रियों पर अनेक तरह के अवसाद और दर्द की लकीरों को महसूस कर रहा था। तभी मिसेज भाटिया ने कड़क आवाज में कहा, "अब खड़ी-खड़ी यहाँ क्यों वक्त खराब कर रही हो, जाओ जाकर जो बताया है वह काम करो...।" उन वृद्ध माता जी ने एक बार मेरी तरफ कलेजे को चीरनेवाली नजरों से देखा और धीरे-धीरे भारी कदमों से घर के अन्दर चली गईं।

फिर मिसेज भाटिया ने कहा, "अरे भाईसाहब, चाय तो पी लीजिए।" मैंने कहा, "नहीं, आज मेरा फास्ट है। माफ कीजिए फिर कभी..."

वहाँ से निकलकर मैं तेजी से बाहर आया और कुछ दूर जाकर सड़क के किनारे अपनी बाइक खड़ी कर उन वृद्ध माता जी के मन की टीस को खुद में महसूस करने लगा। उनका चेहरा मेरे मन की गहराई में समा चुका था—बिलकुल राकेश जैसी भूरी आँखें, और दाहिने होंठ के नीचे एक छोटा-सा लाल मस्सा...। चेहरा हूबहू राकेश भाटिया से मिलता-जुलता...उफ...

आधुनिक युग की जीवन-शैली भी कितनी अजीब है। इन वृद्ध माताजी ने कितनी मेहनत की होगी राकेश की परवरिश में, अपना पेट काटकर अपने नालायक बेटे राकेश को पाला होगा। ऐसी औलाद होने से तो बेऔलाद होना ही...! राकेश के प्रति मेरे मन में नफरतयुक्त घिन पैदा हो रही थी। अपनी सगी माँ के साथ ऐसा बर्ताव...। मैं बचपन में ही अपनी माँ को खो चुका था, सो माँ का बच्चे के जीवन में होना कितना महत्त्व रखता है, मुझसे बेहतर और कौन उसे महसूस कर सकता था?

मैं बचपन से ही माँ के प्यार के लिए तरसता रहा हूँ और अब तो इसमें मेरे बच्चे भी शामिल हैं। वे भी दादी की कमी महसूस करते हैं और खूब उत्सुकता से अपनी गुजरी हुई दादी के बारे में तरह-तरह के सवाल मुझसे पूछा करते हैं। आज मुझे वह कमी दूर होती दिखने लगी थी। कितना अपनापन और प्यार था मेरे लिए उनकी आँखों में।

उफ!! मिसेज भाटिया जैसी मॉर्डन लेडी, किटी पार्टी और रमी खेलनेवाली, झूठी शानो-शौकत का रोब झाड़ने में माहिर और शातिर भी...जितनी खुशी से वह अपनी महँगी साड़ी को चूम रही थीं, उन वृद्ध माता जी के लिए एक सस्ता कफ-सिरफ उस साड़ी से ज्यादा बेशकीमती था, मेरी नजर में। मेरा सिर चकरा रहा था। गाँव से शहर आकर बसने से

क्या रिश्ते भी बदल जाते हैं? क्या अपना खून भी अपना नहीं कहलाता? हमारी हाईटेक एजुकेशन हमें यही सिखाती है? जिस माँ की कोख से राकेश ने जन्म लिया है आज उसी को उसकी पत्नी घर की नौकरानी और नि:सन्तान विधवा बता रही है। यह एक कलयुगी बेटे का पाप ही नहीं बल्कि एक जघन्य अपराध भी है मेरी नजर में।

मैंने मन-ही-मन तय किया कि अब बराबर किसी-न-किसी बहाने से फिर मैं मिसेज भाटिया के घर आता-जाता रहूँगा और राकेश की माँ को अपनी माँ बनाने की अपनी भावना को उनके सामने प्रकट कर नजदीकियाँ बढ़ाऊँगा। सब कुछ मेरे प्लान के हिसाब से होना शुरू भी हो गया था। दफ्तर से लौटते समय मैं किसी-न-किसी बहाने राकेश के घर आने-जाने लगा। एक दिन कफ-सिरफ और कुछ एंटीबायोटिक दवाइयाँ मैंने उन वृद्ध माताजी को दीं तो उनकी सूखी आँखों से चेहरे की झुर्रियों को पार करते आँसू टपक पड़े। मिसेज भाटिया शापिंग करने बाहर गई थीं सो मौका अच्छा था। मैंने माताजी से कहा, "आपको देखकर मुझे मेरी माँ याद आती हैं। क्या आप मेरी माँ बनना पसन्द करेंगी? यहाँ तो आपके अपने सगे बेटे और बहू आपको नौकरानी का दर्जा देते हैं।"

इतना सुनते ही माता जी फफककर रो पड़ीं और खाँसने लगीं। कुछ सामान्य होने के बाद बोलीं, "बेटा, मैंने राकेश के लिए अपना सब कुछ न्योछावर कर दिया। राकेश के पिता सरकारी शिक्षक थे। राकेश जब दस-बारह साल का था तभी एक दुर्घटना में उनका असामयिक निधन हो गया था। मेरे ऊपर तो जैसे दुखों का पहाड़ ही टूट गया था। राकेश के सिवाय मेरी और कोई सन्तान नहीं थी। मैं अनपढ़ थी इसलिए अनुकम्पा पर मुझे नौकरी भी नहीं मिल सकती थी। पेंशन के पैसों से राकेश को शहर में रखकर पढ़ाई करवाई। उसे कभी किसी बात की मैंने कमी नहीं होने दी। हर महीने मैं शहर जाकर राकेश से मिलती और उसकी जरूरत का सभी सामान भी खरीद कर देती। फिर कुछ वर्षों के बाद आगे की

पढ़ाई के लिए राकेश ने दिल्ली जाने की इच्छा जताई तो मैंने कहा, 'ठीक है पहले पता कर लो कितना खर्च आएगा। बड़े शहर में रहने का खर्चा भी तो बड़ा होगा?' राकेश ने जितना भी खर्च बताया कुल मिलाकर पेंशन के आधे से ज्यादा पैसे...! मैंने राकेश से कहा, 'ठीक है बेटा तुम जाकर अपनी पढ़ाई पूरी करने के साथ ही अपने लिए नौकरी भी ढूँढ़ते रहना।' थोड़ी बहुत खेती-बाड़ी थी उसे बँटाई पर दे दिया। लगभग डेढ़ साल बाद राकेश जब घर आया तो उसके हाव-भाव बिलकुल अलग थे। एक-दो दिन रुकने के बाद वह जब वापस शहर जाने लगा तो उसने बताया कि पढ़ाई के साथ-साथ उसने नौकरी भी ढूँढ़ ली है और किराये का फ्लैट भी ले लिया है।"

फिर माता जी ने हिचकियाँ लेकर रोना शुरू कर दिया तो मैंने उनसे शान्त होने का आग्रह किया। बड़ी मुश्किल से माता जी ने रोना बन्द किया और आगे बताया कि "राकेश ने गाँव की जमीन बेचकर मुझे भी शहर में रहने का पत्र भेजा। जब मैं पत्र पढ़वा रही थी तो उसमें लिखा एक-एक शब्द मेरे कलेजे को छलनी करता जा रहा था।

"मैंने अपने चार बीघा खेत को बेचने का फैसला लिया। जमीन बेचकर सारे पैसे राकेश के लिए मैंने हिफाजत से रखे। राकेश जब शहर से गाँव आया तो उसने पैसे के साथ मुझे भी शहर चलने को कहा, मैं न चाहते हुए भी उसके साथ शहर आ गई। शहर आते ही राकेश जहाँ मुझे ले गया वहाँ मेरी नजर एक नई-नवेली दुल्हन जैसी दिखनेवाली औरत पर पड़ी। राकेश ने बताया कि वह औरत उसकी पत्नी है। इतना सुनकर मैं जैसे काठ की हो गई। और तब से अब तक न जाने कितने जुल्मों-सितम मैं झेल रही हूँ...हे ईश्वर मुझे मौत क्यों नहीं दे देते..." इतना सब सुनकर मेरी आँखों से भी आँसू बहने लगे। "गाँव में सिर्फ एक बीघा जमीन है जिस पर पुश्तैनी घर-दुवार बाड़ी बची है। राकेश की मति को उसकी बीवी ने मार रखा है। मैं हमेशा ईश्वर को कोसती

हूँ कि मुझे एक बेटी क्यों नहीं दी? बेटी होती तो आज बेटे के घर नौकरानी बनकर...!"

कुछ दिन बाद मैंने माता जी से कहा कि आप मेरे साथ मेरे गाँव चलेंगी, हमेशा के लिए मेरी माँ बनकर। इतना सुनते ही वह मुझसे लिपटकर रोने लगीं। चूँकि मिसेज भाटिया कभी भी पहुँच सकती थीं इसलिए मैंने माता जी को अगले सोमवार को अपने साथ चलने के लिए राजी किया और घर से कैसे निकलना है यह भी समझा दिया।

आखिर कुछ दिनों के बाद वह समय आ ही गया। आज मैं मन-ही-मन काफी खुश था। कुछ ही घंटे में मैं अपनी माँ को लेकर अपने गाँव पहुँचनेवाला था। आज शहर से जो दौलत कमाकर मैं वापस गाँव लौट रहा था, वह शायद ही किसी खुशकिस्मत को नसीब होती होगी। गाँव में मेरी धर्मपत्नी सुजाता अपनी सासु माँ और मेरे दो बच्चे अपनी दादी माँ के स्वागत के लिए बेचैनी से इन्तजार कर रहे थे। मैं माँ के चेहरे पर खुशी के साथ सुकून की लकीरों को अनवरत देख रहा था और सोच रहा था कि मैं कितना किस्मत वाला हूँ। गाँव के लोग काफी खुश हुए और मैंने माँ मिलने की खुशी में समूचे गाँव के लिए भोज का आयोजन किया और इस मौके पर माँ ने गाँववालों से कहा कि वे अपनी पेंशन की राशि गाँव के असहाय बच्चों की पढ़ाई में दान करेंगी। माँ की इस घोषणा से समस्त ग्रामवासी खुशी से झूम उठे।

भला-बुरा

“क्यों बुचिया की माई, मेला देखने नहीं चलोगी परमानन्दपुर?” झमेली की औरत खवासपुरवाली ने व्यंग्यात्मक लहजे में दौलती से कहा। फिर क्या था दौलती भी भला किसी से कम है क्या? उसने तपाक से जवाब देते हुए कहा, “हाँ-हाँ क्यों नहीं जाऊँगी? चोली कट बलाउज बक्सा में रखा-रखा पुराना हो जाएगा, यही अच्छा मौका है तिस पर लाल बूटेदार बनारसी साड़ी! बुचिया के बाबू को पटसन की कीमत अच्छी मिली थी पिछले साल सो सिमराहा के गणेशमल सेठ के गोला से बड़े प्रेम से खरीद के मुझे लाकर दिया था। उस रात मैं उस साड़ी को अपने सिरहाने में लेकर सोई थी, पूरी रात नये कपड़े की खुशबू से सो नहीं पाई थी। आज मौका हाथ आया है इसे पहनकर मेला जाने का...” उसने इठलाते हुए खवासपुरवाली से कहा।

साथ ही उसने एक और बात दाग दी, “आजकल तो सब जगह पाप ही पाप है। एक तो मरद होता है तिस पर भतार भी अलग से मनोरंजन के लिए। अरे जब मरद का कमर में ताकत नहीं रहता होगा तभी न...।” इस बार खवासपुरवाली तिलमिला उठी, उसे लगा कि उसे सीधा न कहकर घुमा फिराकर...। फिर शान्त भाव से उसने बड़ी सहजता के साथ हँसते हुए कहा, “हाँ हाँ ठीक कहती हो बुचिया की माई, सिमरबनी का मेला याद है न? आते समय बिरजू महाजन हमारी बैलगाड़ी पर बैठ गया था,

सो अँधेरा होने पर उसका हाथ...? वो तो मैंने उस बीड़ीपिया को कस के चिकोटी काटा तब जाकर उसका होश ठिकाने आया था। दूसरे दिन वह सुबह-सुबह नहा धोकर गमकौआ चमेली का तेल लगाकर सफाई देने मेरे घर पहुँच गया था कि वो अठन्नी गाड़ी पर जेब से गिर गया था सो उसे टटोलकर खोज रहा था तो हाथ...? फिर बीड़ीपिया ने बीड़ी जलाते हुए ललचाई नजर से मेरी अथि पर नजर गड़ा दिया था। अगर वो गाँव का साहूकार न होता तो खपरी लेकर उसका माथा फोड़ देती। बेर बखत वह हम सबके काम आता है इसलिए उस दिन छोड़ दिया।"

"दौलती ओ दौलती!" हाँ आई बुचिया के बापू, "कहाँ रह गए थे इतनी देर तक?"

"अरे क्या बताऊँ गणेशमल सेठ का माल माणिकपुर फिर कुड़वा पहुँचाना पड़ा सो इसलिए आज मैं लेट हो गया।"

दौलती पानी का गिलास उसे पकड़ाकर गाड़ी से खोले गए बैलों को घास-पानी देने चली गई। उसने आज बड़े प्यार से बैलों को पुचकारकर कहा, "लो महाराज! आज हरी-हरी घास मैं खास करके लाई हूँ तुम दोनों के लिए...लो खाओ और जी-भर के सुस्ता लो, चरबजिया बेला में मेला देखने जाना है।"

बैल को चारा देकर दौलती जब वापस आई तो बुचिया हाथ में एक थैला लेकर खड़ी थी। "मईया देख तो इसमें क्या है?" दौलती ने झट से उसके हाथ से थैला लेकर खोला तो आँखें फटी की फटी रह गई... बुचिया का नया फ्रॉक और...खुशबू वाला हरा-लाल जरीवाला साड़ी।

"क्या देख रही हो? सेठ जी ने तुम्हारे और बुचिया के लिए भिजवाया है, खास मेला देखने के लिए।" तेतर अपनी पत्नी की तरफ देखकर बोला। दौलती का चेहरा शर्म से लाल हो गया।

उधर गाँव में शोर-शराबा सुनकर अचरज-भरी निगाहों से दौलती ने अपने पति को देखा फिर बोली, "हाय...बुचिया के बाबू किसी औरत

के रोने की आवाज आ रही है...अरे...ये तो खवासपुर वाली की आवाज लगती है?" फिर वह तेजी से उसके घर की ओर बढ़ गई।

"अरे बेशर्मों मुझे मार के क्या मिलेगा? बच्चे का इलाज तो करवाते नहीं, ऊपर से मुझे डायन कहकर मार-पीट कर रहे हो...सबके हाथ में कोढ़ी फूटेगा...मेरा मरद कमजोर है तो इसका मतलब क्या? सबके ऊपर केस करूँगी देखना। और तुम रे नरेशवा..ऊ अघोरी की बेटी के साथ जो मुँह काला करता है, ऊ आज यहाँ समाज को नजर नहीं आता है? और तुम मुझ पर डायन होने का सार्टिफिकेट बाँट रहा है? गलवा धरेगा तेरे अथि में...। मुझे मैला पिलाएगा? अपनी कुँवारी बहन को क्यों नहीं पिलाया था जिसने साहूकार के बेटे के साथ रंगरेलियाँ मनाकर पाप की निशानी को अपने ननिहाल में जाकर गिराया था और फिर एक गैर-जाति के अधेड़ कपड़िया के गले में बाँधकर उसे...।

"शिबुवा के बेटा को बैपेचिश है, मिर्गी है इसमें मेरा क्या दोख है? मैंने तो उसे हमेशा अपने बेटे की तरह माना है। कल जब उसके घर में कोई नहीं था तो पेट दर्द से बिलबिला रहा था सो मैं गर्म तेल से उसके पेट और छाती पर मालिश कर रही थी, तो ई बुधना की मौगी (औरत) ने देख लिया और सारे गाँव में फैला दिया कि मैंने उसके ऊपर टोटका किया है। और आज सबने मिलकर मुझे डायन कहकर मेरी झोंटकी पकड़कर खींचा, लात-मुक्का से मुझे मारा। आओ, और मारो! उसने अपनी साड़ी शरीर से अलग करते हुए साहूकार को ललकारा, 'अरे ओ घर ढुक्का! उस रात को मेरे मरद को गाँजा पिलाकर आधी रात को तेरी बीड़ी की गन्ध मेरे फरकी के भीतर तक मुझे महसूस हुआ था तभी मैं हँसुआ लेकर बाहर निकली थी। बच गया तू, काट देती तेरा अथि को...। बुधना की मौगी से अब काम नहीं चलता तेरा? साला हरामी!'"

दौलती ने उसके कपड़े ठीक करते हुए कहा, "खवासपुरवाली जाने दो। किसी के कहने से कोई डायन नहीं हो जाता है। इन सबको इनके

किये की सजा भगवान देंगे। अन्धविश्वास और अशिक्षा की जकड़ से जब तक समाज मुक्त नहीं होगा तब तक यही दशा बनी रहेगी। सब-के-सब जानवर से भी बदतर...।"

दौलती ने सबको हड़काकर साफ-साफ कह दिया कि आज के बाद अगर फिर किसी ने इसे डायन कहा या फिर बुरा बर्ताव किया तो सिमराहा वाले सेठ को बुलाकर तुम सबों का उधार सौदा-पानी बन्द करवा दूँगी और पंचायत बुलाकर हेकड़ी सीधा करवा दूँगी। सब अपने-अपने सिर झुकाए अपने-अपने घरों की तरफ चल दिये।

बैलगाड़ी जब मेले से कुछ दूर पहुँची तो मेले की रंग-बिरंगी रौशनी दूर से ही देखकर बुचिया खुश होकर बोली, "मईया ऊ देखो भकभकिया रौशनी!"

तभी उसके गाल को खींचकर खवासपुर वाली बोली, "हाँ हाँ चल न वहाँ तेरा दूल्हा भी खोज देंगे..." सभी हँस पड़े।

दौलती सेठ जी की भेजी हुई साड़ी पहनकर एकदम सेठाइन जैसी दिख रही थी। नई साड़ी उसके बदन पर खूब खिल रही थी। अपनी बनारसी साड़ी दौलती ने खवासपुरवाली को जबरन पहना दी थी चोली कट ब्लाउज के साथ, जिससे उसका रंग-रूप और निखर गया था।

तेतर ने बैल को झिड़की देते हुए झमेली को हँसते हुए कहा, "झमेलिया, मीना बाजार में खवासपुरवाली का हाथ पकड़कर रखना, लोग काफी रगड़ा लेते..."

स्मृति

हीरा बाबू अपने बरामदे पर बैठे कौतूहल से अपने आँगन में आती-जाती महिलाओं एवं बच्चों को देख रहे हैं। उन्हें कुछ समझ में नहीं आ रहा है कि आखिर माजरा क्या है?

सुबह जब वे गाय को चारा देने गुहाल घर गए तो वहाँ से सारा गोबर गायब था। फिर उन्होंने अपनी छोटी बहू सुदामा को देखा घर-आँगन को गोबर से लीपते। कुछ देर बाद छोटा बेटा किशन कुछ लड़कों के साथ दूसरों के यहाँ से कुर्सी-टेबल लाकर बैठक और बरामदे में रख रहा था तो उन्होंने टोका, "अरे किशना, ये सब किसलिए?"

"बाबा वो अचानक ही कल रात को राम भैया के ससुर माँगन बाबू फोन किये थे कि आज कटिहार से कुछ मेहमान लोग आएँगे अपनी स्मृति को देखने..."

इतना कहकर किशन चौकी पर बिछावन और चादर बिछाने के लिए दूसरे लड़कों को बताकर आँगन की तरफ चला गया।

हीरा बाबू गम्भीर मुद्रा बनाकर सोचने लगे कि घर में इतनी बड़ी बात होने जा रही है और मुझे किसी ने अभी तक बताना भी मुनासिब नहीं समझा।

उनसे रहा नहीं गया और वे आँगन में चले गए। उन्होंने देखा कि सभी औरतें अपने-अपने कामों में एकदम व्यस्त हैं। कोई तरकारी काट

रही है तो कोई आटा गूँध रही है और कोई आँगन में चौका बना रही है। चारों तरफ नजर-भर देखने के बाद उन्होंने अपनी पत्नी सबिता को आवाज देकर अपने पास बुलाया।

पत्नी आते ही गरम हो गई—"क्या बात है रामू के बप्पा? आप देख नहीं रहे हैं कि कितना काम पड़ा है अभी! बोलिए किसलिए बुलाया है?"

"ये रिश्ता कब और कैसे...?"

"अरे रात को रामू की ससुराल से फोन आया था। लड़का सरकारी नौकरी करता है। बीस एकड़ जमीन है। उसके बाबू जी हेड मास्टर हैं स्कूल में। दो लड़का है बस। बड़ा वाला का रिश्ता लेकर आज वे लोग आ रहे हैं। आप तो रात को जल्दी सो जाते हैं, इसलिए आपको नहीं बताया गया। रामू बाजार गया है फल, मिठाई, दूध और खीर बनाने के लिए चावल लाने। बस वो भी आता ही होगा। आप भी अपने को ठीक-ठाक करके रहिए।" फिर सबिता जी तेजी से दूसरी औरतों को कुछ समझाने के लिए चल दीं।

हीरा बाबू की अचानक आखें भर आईं। वे सोचने लगे यही वह घर है जहाँ उनकी मर्जी के बगैर एक पत्ता भी नहीं हिलता था और आज...। लकड़ी की कुर्सी पर बैठकर वे मन-ही-मन सोचने लगे स्मृति का जब जन्म हुआ था, उस समय उन्हें कितनी मुसीबतों का सामना करना पड़ा था। बेटे रामू के मुँह से तो जैसे बोली ही गायब हो गई थी। और उधर बहू वसुन्धरा दहाड़ मार के रो रही थी और रोते हुए बोल रही थी, 'हे भगवान..हमरा से कौन गलती भेलैय जे हमर कोखी में लड़की...हे भगवान...हे काली मईया तोरा दु गो छागर (बलि का बकरा) चढ़ैयभों... एकरा उठा ल...।'

तब हीरा बाबू ने बहुत डाँटा था सभी को, और बहू को तो उन्होंने चेतावनी देते हुए कहा था, "खबरदार, अगर फिर इस बच्ची के खिलाफ एक शब्द भी बोला तो। अरे बेटा या बेटी तय करनेवाले हम कौन होते

हैं? और इसमें इस मासूम बच्ची का क्या कसूर है? और तू रे रमुआ...तू तो ऐसा लगता है कि अपनी जान ही दे देगा? किसने कहा था औलाद पैदा करने, बोल! देखो तो यह नन्ही परी मेरे लिए कितना बड़ा सौगात लेकर आई है। आज ही मुझे प्रमोशन मिला है! अब मैं सीओ साहेब का हेड किरानी बन गया हूँ। चुप हो जाओ तुम लोग। एक यादगार है इसका पैदा होना मेरे लिए सो इसलिए आज से इसका नाम 'स्मृति' हुआ।" हालाँकि उस बच्ची के बाद फिर कोई औलाद बहू वसुन्धरा को पैदा नहीं हुई। छोटे बेटे का तीन साल का एक बेटा है प्रतीक।

"अरे हीरा भैया! मेहमान लोग अब पहुँचने ही वाले होंगे जाकर नहा- धोकर तैयार होइए", महेन्द्र चौकी पर बिछे चादर को खींचकर सीधा करते हुए बोला। रामू भी अपनी फटफटिया लेकर बाजार से आ गया था और सामान आँगन में रखकर सीधा अपने बाबू जी के पास पहुँचकर बोला, "वो बाबू जी, सब कुछ अचानक..."

"रहने दो!!" कड़क आवाज में हीरा बाबू ने बेटे को डाँटा, "जाओ अपना काम करो। मेहमानों को मैं और गाँववाले सँभाल लेंगे।"

हीरा बाबू स्मृति को आवाज देकर कहते हैं, "स्मृति, बाबू जरा इधर आना!"

दादा जी की पुकार सुनकर वह दौड़ी-दौड़ी अपने दादा के पास आकर खड़ी हो गई और बोली, "अरे दादू आप कहाँ थे! कब से मैं आपको ही ढूँढ़ रही थी! दादू, मुझे आपसे एक बहुत जरूरी बात कहनी है। अगर नहीं कही तो आपके बेटा और बहू मिलकर मेरी जिन्दगी बर्बाद कर देंगे। अपनी स्मृति को आपने पैदा होते समय बचाया था लेकिन अभी अगर मुझे जोर-जबरदस्ती करके बाध्य किया गया तो मैं अपनी इच्छा से अपने प्राण त्याग दूँगी।"

हीरा बाबू दुखी होकर पूछ बैठे, "आखिर ऐसी क्या बात है! मुझे खुलकर बता मेरी लाडो...!"

"दादू, मुझे अभी शादी नहीं करनी है। आप ही कुछ कर सकते हैं। अभी मुझे एमबीबीएस पूरा करना है दादू! आप ही ने तो मुझे शहर में जाकर पढ़ने की इजाजत दी थी। फिर आगे डॉक्टरी की पढ़ाई भी तो आपने ही मुझे...! फिर अचानक ये सब किसलिए दादू? और हाँ दादू, लड़का भले ही मास्टर है लेकिन वो शराब पीता है, लड़कीबाज है; कटिहार वाली बुआ के एक पड़ोसी हैं, उन्होंने फोन पर सब बता दिया मुझे माँ से छुपाकर...। लेकिन अगर अच्छा भी होता तो भी मैं हरगिज शादी नहीं करती। मुझे अपनी डॉक्टरी की पढ़ाई पूरी करनी है पहले, फिर आपके सपने।

हीरा बाबू अपनी पोती को गले से लगाकर भावविह्वल हो गए। उन्होंने स्मृति को आश्वस्त किया कि 'चाहे कुछ भी हो वे यह शादी नहीं होने देंगे, साथ ही उसे बेहतर ढंग से पढ़ाई व तैयारी के लिए बड़े शहर में भेजेंगे।'

"दादा जी वैसे भी शहरी लड़कों से मुझे चिढ़ है, बल्कि मर्द जात से ही मुझे घृणा है। आप तो मेरे दोस्त जैसे हैं दादा जी। अगर आप न होते तो शायद मैं पैदा होने के कुछ समय बाद ही मार दी गई होती। मुझे बचपन से ही बजाय माँ-बाप के आपसे ज्यादा लगाव है दादू। आप ही मेरे प्राणरक्षक देवता बनकर मुझे नया जीवन देनेवाले हैं। मैं आपसे वादा करती हूँ कि एक दिन डॉक्टर बनकर आपके सपनों को साकार करूँगी, और जहाँ आपने कहा है, वहाँ जरूर एक दिन बड़ा अस्पताल होगा। एक बात और दादू उस अस्पताल में लड़कियों का जन्म होने पर उनके माता-पिता को अस्पताल की ओर से नकद राशि और पोस्ट ऑफिस में सुकन्या खाता खुलवाने की भी सुविधा होगी और यह सब आपके आशीर्वाद से ही होगा।"

फिर उसने कुछ रुककर कहा, "दादू शहर में लोग गर्दन से नीचे ज्यादा नजरें गड़ाते हैं। कभी-कभी तो मैं भगवान को कोसती हूँ। मन करता

है कि बड़ा होकर लटकते इस भाग को काटकर फेंक दूँ। दादू मन करता है कि तंग कपड़े पहनकर सपाट कर लूँ, एकदम सपाट...! और तो और कई बार जब ऑटो रिक्शा वाले उस पर नजर गड़ाते हैं तो जी करता है पैर से चप्पल उतारकर उनका चेहरा बिगाड़ दूँ...आखिर उनकी भी तो हम जैसी बहन, बेटी होती होगी। छी:! फिर ऐसे ऑटो रिक्शा छोड़कर पैदल ही चल पड़ती हूँ। दादू, आपने ही मुझे इस काबिल बनाया है कि अच्छे-बुरे की पहचान कर सकूँ। माँ, बाबू जी, दादी, चाचा को तो आप जानते ही हैं। वही पुरानी और संकीर्ण सोच...। मैं पढ़-लिखकर एक अच्छी नौकरी प्राप्त कर अपने दादू का नाम खूब ऊँचा करना चाहती हूँ। दादू, आप मेरे लिए दुनिया के सबसे अच्छे इनसान और दोस्त हो।

"ये क्या दादू! आपकी आँखों में आँसू!! नहीं दादू आप तो मेरी प्रेरणा हो। पता है हॉस्टल के मेरे किसी भी दोस्त को मेरे बाबू जी का नाम मालूम नहीं है, लेकिन हीरा बाबू को सभी जानती हैं।"

स्मृति की आँखें भर आई थीं। भर्राए गले से बोलती रही, "दादू जो उम्र माँ-बाप की गोद में बिताने की होती है, वह मैंने आपकी गोद में बिताई...शायद मैं शापित थी। बेटी होने का दंश मुझे बचपन से अब तक सहना पड़ रहा है। माता-पिता के प्रति मेरे भीतर जो गुस्सा है वह नासूर बन चुका है जो जीवन-भर रहेगा। छी:! बेटी और बेटा में फर्क कैसा...। जब बेटा-बहू के तिरस्कार और दुख को नहीं सह पाते बुढ़ापे में तो हम जैसी बेटियाँ ही तो उनके लिए हर तरह की सेवा और सहारा...। क्यों दादू, क्यों? समाज की इस दोहरी और दोगली सोच के साथ नवजात लड़कियों को कब तक नमक चटाकर मारने का सिलसिला जारी रहेगा? सभी जन्मी लड़कियाँ मेरी जैसी भाग्यशाली नहीं होती हैं क्योंकि उनके आप-जैसे प्यारे व समझदार दादू नहीं होते। कभी-कभी मैं सोचती हूँ कि अगर आप मेरे जीवन में न होते तो शायद यह जीवन निरर्थक और कलंकित होता।"

"मत रो मेरी बेटी...मेरी जान...मेरी नन्ही परी...नहीं होगी अभी तेरी शादी! तुझे डॉक्टर बनना है! मैंने तुझे डॉक्टर बनाने के लिए पैसे बचाकर रखे हैं। ग्रामदेवता के ठीक बगल वाली जमीन में एक दिन तुम्हें अस्पताल बनाना है और लोगों की सेवा करनी है।"

दोनों की आँखों से आँसू थमने का नाम ही नहीं ले रहे थे। एक-दूसरे से लिपटकर दोनों फफककर रो पड़े।

चुनावी यात्रा

चुनाव के समय में जब भी मैं लोगों से मिलकर उनकी बातों को रपट के रूप में लिखता हूँ तो कई बार मेरे सामने कई प्रकार की विषमताओं से भरे जटिल प्रश्न आ खड़े होते हैं। जहाँ एक तरफ चुनावी सभा या रैली के बाद आसमान की छाती को चीरता हुआ बड़े-बड़े नेताओं का हेलीकॉप्टर आदमखोर गिद्ध की तरह उड़ान भरता है वहीं दूसरी ओर रैली या सभा स्थल पर 200 रुपये नाश्ता/खाना के साथ किराये पर बहला-फुसलाकर लाए गए लोगों को दल के समर्थक सभा समापन के बाद भूख से बिलबिलाने के लिए छोड़ देते हैं। कहते हैं कि नाश्ते वाली गाड़ी भीड़ में फँसी है अभी, आप लोग अपनी-अपनी सवारी में जगह पकड़िए।

ऐसी ही एक सभा के बाद मुशहुरु ऋषिदेव एवं भिखारी मंडल का सब्र जवाब दे देता है। वे गुस्से से हरबोलवा को कहते हैं, "रे तोहर बाप नेता सब के दलाली करैत-करैत ते मैर गेलौ, आब तोहर पारी छौ रे लफंगा छौंड़ा—भूख से हमर जान निकले छैय...एक्को गो भोंट दाँतो खोधैय ले तोहर बात पर नैंय हैयतौ..."

मुशहरु गाली देते हुए कहता है, "रे मादर...! चल निकाल 200 सौ टका नैंय ते सभे नेतागिरी निकाली देने, मरिया बाप से भेंट कराय देबौ...चल नेतवा लग, उहें सब बात करबैय..."

हरबोलवा चतुर है, वह समझ जाता है कि इस समय ज्यादा होशियारी उसे महँगी पड़ सकती है सो वह दोनों हाथ जोड़कर कहता है, "तू सब त हमर बाप दाखिल छ हो।"

फिर वह जेब से रुपये निकालकर एक-एक सौ प्रति आदमी देकर कहता है कि शेष एक सौ गाँव में शाम को देगा और नाश्ता लाने के लिए बोलकर वह मोटरसाइकिल पर बैठने से पहले बोलता है, "हे हो चच्चा, अगर आधा घंटा में आवी गैलहियों त ठीक नैंय ते सभे निकल जिहअ, रैत ख़नवा मूड फ़रेश करैय के वोहो व्यवस्था होय जेतैय, अर्थात...!"

बथनाहा लौटते समय सड़क पर लम्बी ट्रक की लाइन जाम होकर खड़ी है। तभी मेरी नजर रोड के नीचे की बंजर परती जमीन पर लगे छोटे-छोटे तम्बुओं और वहाँ से उठते धुएँ पर जाती है। मैं अपनी बाइक नीचे उतारने की कोशिश करता हूँ।

उस छोटी सी तम्बुनुमा बस्ती में घुसते ही छोटे-छोटे बच्चे मुझे घेर लेते हैं। कुछ औरतों को पास आते देखकर मैं थोड़ा असहज महसूस करने लगता हूँ। लम्बा घाघरा और चोलीनुमा ब्लाउज पहने दिखने में खूबसूरत, साँवली, पतले नाक-नक्श वाली औरत पूछती है, "क्यों बाबू, धात की बिमारी है? या फिर पिच पर रन-आउट हो जाते हो?" मुझे बड़ा अजीब लगता है। मैं सोचता हूँ कि ये कहना क्या चाह रही है? तभी दूसरी कर्कश आवाज में कहती है, "ऐ तब यहाँ क्या लेने आए हो बाबू? कोई और बिमारी है तो बताओ...बीबी को परसोत, दूध नहीं आना, जो भो बिमारी है बताओ, सब दवा मिलता है हम लोग के पास।"

अब मैं समझा कि पहली वाली ने क्यों मुझसे...!

मैं पूछता हूँ, "आप लोग दवाई बनाकर बेचते हैं?"

"हाँ, हमारे मरद लोग दिन-भर जड़ी-बूटी व जानवरों-पक्षियों का शिकार करते हैं जिससे हमारा और हमारे बच्चों का पेट पलता है।"

फिर वे कहती हैं, "हम लोग बंजारे हैं, जहाँ धर वहीं घर अर्थात जहाँ अस्थायी रूप से रहना होता है, वहीं घर होता है। हम लोगों का कोई अता-पता नहीं होता है। खानाबदोश हैं हम।"

जब मैंने पूछा, "आप लोग कितने दिनों से यहाँ पर हैं?" तो उस साँवली-सी औरत ने कहा, "करीब एक साल से। इससे पहले हम लोग दो साल फुलकाहा के पास थे, लेकिन वहाँ के जमींदार ने बेकार पड़ी बंजर जमीन से भी हमारे आशियाने को उजाड़ दिया। बोला—'यहाँ पर सरकारी मकान बनेगा।' लेकिन बात कुछ और था साहेब..." वह फफककर रो पड़ती है।

मैंने कहा, "आप पूरी बात बताइए।"

"क्या बताऊँ साहेब हमारे मरद लोग दिन-भर बाहर रहते हैं और हम औरतें चूल्हा जलाने के लिए जलावन लकड़ी-काठी इकट्ठा करते हैं। एक दिन जमींदार का दारूबाज छोटका बेटा हमको सुनसान जगह में पाकर जबरदस्ती करने लगा। बोला, चलो पाट के खेत में सो मैंने उसे ऐसा झापड़ दिया कि वह वहीं चित हो गया। बस, इसी का बदला जमींदार ने हमें वहाँ से भगाकर लिया। साहेब ई बकरा-बकरी, बिल्ली, कुत्ता, हंस, मुर्गा-मुर्गी सभी को हम परिवार के बच्चों की तरह पोते हैं। जड़ी-बूटी बेचकर, करतब दिखाकर हम लोग जो पैसा कमाते हैं उसी से हमारा चूल्हा जलता है। हमारे लिए कोई सरकार नहीं है और न ही कोई नेता, अफसर। इधर कुछ समय पीछे सीओ नाम बोलकर कोई आया था और बोलकर गया है कि तुम लोग यहाँ से कहीं और चले जाओ, यहाँ सरकार गोदाम बनवाएगी। बज्जर खसे ऐसे लोग पर।"

चूँकि वहाँ पर कोई मर्द नहीं था तो मुझे कुछ अहम जानकारी लेने में कठिनाई महसूस हो रही थी सो मैंने पूछा, "आपके बंजारा समाज का कोई आदमी है जो पढ़ा-लिखा है यहाँ कहीं आस-पास?"

"हाँ एक परिवार है जो बाजार में रहता है और खूब पढ़ा-लिखा

है।" उसने जैसे-तैसे उसका पता दिया और मैंने हाथ जोड़कर उनसे बिदा लेते समय कहा कि मैं आप लोगों के बीच फिर आऊँगा।

बहुत मुश्किल से घर खोजते-खोजते अहमद अली के घर पहुँचता हूँ। शानदार, साफ-सुथरा घर। मैं सोचने लगता हूँ इन्हीं लोगों के वंशज वहाँ उस हाल में...

"नमस्कार भाईसाहब!" मैं सुनकर चौंक जाता हूँ। सामने एक युवक साफ-सुथरे कुर्ता जींस में हाथ जोड़े खड़ा था। मुझे अपनी आँखों पर विश्वास नहीं हो रहा था। एक ही समुदाय के दो लोगों के रहन-सहन में जमीन- आसमान का अन्तर...!

मैंने पूछा, "आप ही अहमद अली हैं?"

उसने मुस्कराते हुए कहा, "जी, मैं ही हूँ।" इस बीच उसने भीतर चाय के लिए आवाज दी।

मैंने कहा, "आप लोग बंजारा समुदाय से हैं?"

उसने फिर से मुस्कराते हुए कहा, "जी, आप बंजारा कह लें या फिर खानाबदोश सभी चलेगा।"

मैंने कहा, "आपके समुदाय की आबादी इस जिले में कितनी है?"

उसने कहा कि "लगभग दस हजार और पूरे बिहार में दस लाख के पार है और इतना ही नहीं अगर आप पूरे देश की पूछें तो हमारी कुल आबादी ग्यारह करोड़ के आसपास होगी। लेकिन विडम्बना यह है कि इतनी बड़ी आबादी होने के बाद भी हमारा समुदाय आर्थिक, सामाजिक, राजनीतिक रूप से काफी पीछे है। हालाँकि बाबासाहेब आम्बेडकर ने संविधान में हमारे बंजारा समुदाय को जनजातीय समुदाय में शामिल किया है।" सुनकर मैं दंग रह जाता हूँ।

"वह कहता है कि इतनी बड़ी हमारे समुदाय की आबादी है फिर भी

आज हमारे समुदाय के सिर्फ दस फीसदी लोग ही समाज की मुख्यधारा से जुड़ सके हैं। बाकी नब्बे प्रतिशत आज भी खानाबदोश की जिन्दगी जीने को मजबूर हैं। मैं भी ग्रेजुएट करने के बाद बेरोजगार ही हूँ। मेरे पापा फिल्म के प्रोड्यूसर-डायरेक्टर हैं और मेरे बड़े भाई साबिर अली फिल्म एक्टर हैं।" सुनकर मैं एकदम अचम्भित हो जाता हूँ।

मैंने अहमद से पूछा, "जब सरकार ने भूमिहीनों को तीन डिस्मिल जमीन मुफ्त देने के साथ उनके पुर्नवास की व्यवस्था की है तो ऐसे में...?"

"अरे छोड़िए, किस सरकार की बात कर रहे हैं। ये लोग सिर्फ भाषण में जन गुणगान करते हैं और सबके सेवक बनते हैं। बाकी नेता लोग जनता को ठगकर चुनाव के समय उनका वोट लेकर पाँच साल तक अपनी सूरत भी दिखाना महापाप समझते हैं। बंजारों की कोई सरकार नहीं होती। उनकी सरकार तो सिर्फ और सिर्फ एकमात्र ईश्वर-अल्लाह होता है। आप तीन डिस्मिल जमीन की बात करते हैं, यहाँ तो सरकारी बाबू तक घृणा भाव से संक्रमित हैं। मैं अनेक बार उनके पास इन लोगों की समस्याओं को लेकर गया लेकिन ऐसा पेचीदा पाठ पढ़ा देते हैं कि मत पूछिए। मुझसे और मेरे परिवार से भी यहाँ के लोग असहिष्णुता की भावना रखते हैं। हमें भी उपहास की पीड़ा झेलनी होती है। मुझे काफी अफसोस और दुख है कि इतनी बड़ी आबादी के नब्बे प्रतिशत लोगों के पास न तो वोट देने का अधिकार है और न ही कोई सरकारी लाभ लेने का। बंजारा समुदाय को राशन कार्ड, वोटर आईडी या आधार कार्ड तक बनवाने का हक नहीं है। आखिर हमारे समुदाय का क्या दोष है, आप ही बताइए? मैं थक गया हूँ अपने समुदाय के हक की जद्दोजहद में, किससे कहूँ? स्थानीय नेता या पंचायत स्तर के जनप्रतिनिधियों से अनेक बार इस दिशा में मदद करने की गुजारिश मैंने की है लेकिन एक खास समुदाय से हूँ न इसलिए...!

"एक तरफ चुनाव का शोर-शराबा, नेताओं द्वारा मंच से भोंपू द्वारा

कानफोड़ू सड़े-गले झूठ के पुलिन्दों की बारिश, प्रत्याशियों द्वारा हाथ जोड़े डोर-टू-डोर दंडवत करना, वोटरों को रिझाने के लिए तरह-तरह की ड्रामेबाजी, तो कहीं जनता के कोपभाजन का शिकार होना, तो कहीं गाली-गलौज, तमाम बातें इनके लिए नई नहीं हैं। ये जानते हैं जनता का गुस्सा बड़े नेताओं के हुँकार भरने के बाद कम पड़ जाएगा और राजनीति के व्यापार में कुछ भी नाजायज नहीं होता है। खरीद-फरोख्त के नये कल्चर में प्रत्याशी की काबिलियत ठीक वैसे ही है जैसे रैली में भूखे भिखारी मंडल की होती है, कुबेर पुत्र अज्ञानी होकर भी टिकट पाने में सफल होकर लम्बा कुर्ता और गले में गमछा डालकर ओवर कॉन्फिडेंस के साथ जीत के पूर्वानुमान के नशे में चूर होकर मदमस्त हाथी की तरह मतवाला होकर चलता है। भले चुनाव का जो भी परिणाम हो। नेता जी के लोगों की दुकानदारी खूब चल रही है। वे चौक-चौराहे पर सीना तानकर बोलते हैं कि नेता जी से जितने लोग नाराज हैं, सबको खरीद लेंगे, भोट भी...!"

आज चुनावी यात्रा का दूसरा दिन है। इस यात्रा में मैंने बहुत सारी चीजें ऐसी देखी-सुनीं, जिनसे मैं भी दंग और अचम्भित हूँ। लोगों का कोरोना, बाढ़, बेरोजगारी से बेहाल होना, मजदूरों की खस्ता हालत और उनका बदस्तूर पलायन, जनता का जनप्रतिनिधियों द्वारा ठगा जाना, अफसरों का बाबू शाही इत्यादि को चुनावी मुद्दा बनाकर नेताओं को घेरने की तैयारी में लगना इत्यादि।

आज सबसे पहले मेरी मुलाकात होती है शनिचरी देवी व उनके साथ आई अन्य महिलाओं से, जो लोगों के खेतों में मजदूरी करती हैं। सभी के हाथ में धान काटनेवाला कचिया है। मेरे पास आकर खड़े होने पर सभी अपने-अपने कपड़े ठीक करने लगती हैं। कुछेक अपनी हँसी

दबाने के क्रम में एक-दूसरे के पीछे चेहरा छुपाकर ठिठोली करती हैं। मैंने वृद्ध महिला से पूछा, "कहाँ जा रही हैं माता जी?" उसने कहा, "गिरिहस का जो धान ऊँचा वाला खेत में बचा है उसे काटने जा रहे हैं।" फिर उसने बड़ी सहजता से मुझसे अपनी भाषा में पूछा, "ऐ बेटा तु के हिअ? सीओ, बीडीओ जना लागत छ हो।" मैंने कहा, "नहीं, मैं सामाजिक कार्यकर्ता हूँ और चुनाव के समय में लोगों से मिलकर उनके दुख-दर्द को लिखता हूँ फिर इसे सीधे सरकार तक पहुँचाता हूँ।" तभी एक औरत फट से बोल पड़ती है, "हे हो, ई मुहझौंसा मुखिया, डीलर खाली मातरवर (अमीर) सबै ले छैय? हमर बिट्टा पर एक्को टा पक्का मकान नैंय लेकिन सुदमियाँ के तीन-तीन बेर...मरी हुई सास के नाम भी आवास का पैसा उठ गया! जुलुम बात! तब वार्ड नेंबर कहैय छैय की पहले पाँच हजार टका दिये पड़तौ तभे कुछू हैयतौ।" अर्थात किसी को एक भी पक्का मकान नहीं मिला और किसी को तीन-तीन और उसमें भी मरी हुई औरत के नाम से किस्त का पैसा...लूट मची है लूट।

मैंने उससे पूछा कि "आपका नाम क्या है?"

वह शरमाते हुए बोली, "तेतरी देवी।"

तभी तीसरी ने कहा कि "अभी भोट-भाट का समय है इसीलिए आप हम गरीब मजदूरों को बहकाने आए हैं। सरकार ने ऐलान किया था भूमिहीन को तीन डिस्मिल जमीन देने का लेकिन दस जोड़ा चप्पल खिया गया (घिस गया) बीडीओ और सीओ के ऑफिस का चक्कर लगा-लगाकर लेकिन नतीजा कुछ नहीं निकला। जो मुखिया, विधायक का चमचा है और दही, दूध, मुर्गा, मछली घर पर पहुँचाता है उसको सब कुछ मिल जाता है। कर्मचारी गोरी चिकनी औरतों को अपने पास बुलाता है फिर...! सुन लीजिए जब पानी में हमारा घर-द्वार, माल-मवेशी, सब डूबा हुआ था उस समय नेता, मुखिया, अफसर लोग कहाँ मर गया था! कोरोना से पीड़ित आदमी जब दिल्ली से आया और समूचे गाँव में

लोग डर से बाहर नहीं निकलता था तब नेता कहाँ था? जेतना आदमी शहर छोड़कर गाँव आया था उसको एक्को दिन का काम मिला क्या? आज बिन मरद का गाँव है...! सब फिर से शहर चला गया, कोई देखने-सुननेवाला नहीं है हम गरीबों को। बाढ़ में दुधारू गाय बह गई, दो जोड़ा बकरा-बकरी भी," बोलते-बोलते वह रोने लगती है। फिर आँसू पोंछते हुए उसने कहा, "अबकी हम लोग खपरी फोड़ेंगे जो नेता भोट माँगने आएगा उसके कपार पर। कोई हम लोग को कमा के खिलाता है क्या? मुसीबत के समय में मदद करना चाहिए हम गरीबों का, तो उस समय भी कोई हुलकी मारने नहीं आया।" फिर वे लोग वहाँ से बढ़ जाती हैं।

मैं सोचता हूँ बेकार है ये सब करना। उनका दर्द मेरा पर्सनल हो जाता है। फिर सोचता हूँ अगर मैं ये सब नहीं लिखूँगा तो बहुत सारी बातें और मुद्दे इस चुनावी समर में दबकर दम तोड़ देंगे। और मैं अपनी बाइक से उस उबड़-खाबड़ रास्ते पर आगे के लिए चल पड़ता हूँ। बाढ़ ने इलाके को पूरी तरह से बर्बाद और बदहाल कर दिया है। गाँव का गाँव सून-सपाट दिख रहा है। न किसी के चेहरे पर हरियाली है न खुशी...सबके चेहरे मानो उदासी और दुख के साँचे से निकले हुए...!

किसी तरह मैं एक चौक पर पहुँचा। कुशमाहा का बोर्ड पहले ही पढ़ लिया था तो जाहिर है कि चौक भी वही होगा। मुझे भूख लगी थी सो मैंने एक आदमी से पूछा, "भाई यहाँ बढ़िया नाश्ता कहाँ मिलेगा?" उसने कहा, "यहाँ से थोड़ा आगे जाने के बाद बाईं तरफ दुकान है, आप भीड़-भाड़ देखकर ही समझ जाइएगा।"

उसने सही कहा था, यहाँ तो सच में अप्रत्याशित भीड़ थी और माहौल भी गर्म!! कुछ लोग किसी नेता के नॉमिनेशन से लौटकर नाश्ता करते समय किसी दूसरे नेता जी के आदमी से उलझ गए थे और दुकानदार कड़क होकर कह रहा था, "अरे भाई नास्ता लेकर आगे बढ़िए, ई कोई विधानसभा, पार्लियामेंट नहीं है, ऐसन तो हमार दुकानदारिये चौपट हो

जाएगा।" फिर उनमें से कुछ तेवर वाले युवक बाद में देख लेने की बात कहकर मोटरसाइकिल का एक्सीलेटर दबाते हुए वहाँ से निकल गए।

मैंने नाश्ते का ऑर्डर दिया और वहीं भीतर बेंच पर बैठ गया। मैंने दुकानदार से पूछा, "ये क़ौन लोग थे?"

"सब झोलझाल वाला आदमी था। दिनों में चढ़ाया हुआ रहता है। हमारे दुकान पर तो सुबह से शाम तक न जाने कितने एमएलए बनते और कितने हार जाते हैं।" फिर दुकानदार ने कहा, "ये नेता जी के समर्थक थे।"

सचमुच गजब का स्वाद है इस मुढ़ी-घुघनी और गर्मागर्म आलू चौप का। दो-चार युवक मेरे बगल से बढ़ते हुए चाय का ऑर्डर देते हैं। उनमें से एक युवक मेरी ओर देखकर कहता है, "आप किसी खास पार्टी का प्रचार कर रहे हैं क्या?" मैंने कहा, "नहीं, मैं सोशल वर्कर हूँ। साथ ही कुछ लिखता भी रहता हूँ।" युवक पढ़ा-लिखा था सो उसने बड़े आदर-भाव से दुकानदार से कहा, "अरे भैया, इनको स्पेशल चाय पिलाइए।" मैंने उससे नाम पूछा तो उसने अपने सभी साथियों का परिचय देते हुए अपना नाम विशाल कुमार उर्फ विक्की बताया। मैंने उससे सवाल किया कि "इस बार क्या सब चुनावी मुद्दा रहेगा?"

उसने कहा, "भाई मुद्दे की बात यहाँ कौन करता है, यहाँ तो जात-पात, रुपये का खेल चलता है। भला आदमी को न तो पार्टी टिकट देती है और न ही कोई जीतकर जनता का भला करता है। सब जीतकर अपना और अपने पुरखों की सम्पत्ति बढ़ाने में पाँच साल पूरा कर लेता है।"

फिर उसने कहा, "जहाँ आप बैठे थे वहाँ से नाव गुजरती थी। पहले कोरोना का मार फिर लॉकडाउन, तिस पर बाढ़। आज नेता जी या उनके लोग फिर से वोट लेने के लिए जिस तरह से एक्टिव हैं, अगर इतना ही मुसीबतों के समय भी रहते तो...!"

मैंने पूछा, "किसानों की फसल डूबी तो उनको कोई सरकारी मुआवजा नहीं मिला क्या?"

उसने हँसते हुए कहा, "कौन सरकार? कैसा मुआवजा? यहाँ तो मुर्दों की अन्त्येष्टि के लिए मिली राशि भी लोग खा जाते हैं, मुआवजे को कौन पूछे? हम लोग बेरोजगार हैं लेकिन युवाओं के रोजगार को लेकर कोई योजना धरातल पर उतरने के लिए शायद बनी ही नहीं है। हम लोग भी सोच लिये हैं कि इस बार सभी युवा बेरोजगार नोटा में ही बटन दबाएँगे, साथ ही बड़ी मात्रा में किसानों को भी जागरूक करेंगे। बड़का नेता से लेकर छोटका नेता सबको अब असली वोट का ताकत दिखाएँगे। गया वो जमाना जब हमारे गाँव-घर का कोई मुखिया आदमी कह देता था कि फलाना को वोट देना है और सभी उधर ही डाल देते थे। अर्थ-तंत्र में जहाँ टिकट से लेकर वोट तक बिकता है। इस बार वोट तो नहीं बिकेगा यह तो तय है, इसके लिए हम युवाओं की टोली घर-घर जाकर लोगों को जागरूक कर रही है। वोट से चोट कैसे किया जाता है, इस बार बताएँगे...!"

सभी युवकों का तैश देखकर मैं काफी हतप्रभ हुआ और खुश भी। मुझे महसूस हुआ कि इस बार युवा वोटरों का मत काफी मायने रखेगा। वहीं दूसरी तरफ आम लोग वोट डालने से परहेज की बात करते और कोरोना के प्रति सचेत नजर आए। इसके अलावा जनप्रतिनिधि के प्रति नाराजगी भी व्यक्त करते नहीं हिचके।

इस इलाके को बाढ़ ने काफी नुकसान पहुँचाया है। आवागमन भी अनेक स्थानों पर अब तक बाधित है। मरम्मती के नाम पर एफ.डी. आर. योजनाओं के द्वारा लाखों, करोड़ों की सरकारी लूट ग्रामीण कार्य एजेंसी द्वारा की जाती रही है। बातचीत के क्रम में विशाल ने बताया था कि बाढ़ के नाम पर छोटका, बड़का सब नेता अपने आदमियों को इस एजेंसी की मिलीभगत से काम दिलवाकर खूब कमाई करते हैं। ऐसे में हम कैसे किसी भी गाँव या इलाके को विकसित करने की बात कर सकते हैं जहाँ जनप्रतिनिधियों की संलिप्तता सेवा से ज्यादा मेवा खाने

में रहती हो और गरीब-गुरबे, दलितों, शोषितों को महज़ वोट बैंक से ज्यादा न समझा जाता हो।

किसानों के धान डूबने से हुई बर्बादी की भरपाई कैसे की जा सकेगी? किसान कैसे चुकाएँगे खेती के लिए लिया गया कर्ज और उस पर चढ़ता सूद? इसकी सुध लेनेवाला शायद ही कोई हो, क्योंकि चुनाव के आगे यह मुद्दे उठाने का जोखिम कौन लेगा?

आज अपनी यात्रा को यहीं समाप्त करते हैं और साथ ही कई अनुत्तरित सवाल भी छोड़ जाते हैं जिनका जवाब देने की जिम्मेदारी सीधे जनप्रतिनिधियों पर है। बाकी जो है सो तो हैइए है...

चुनावी उत्सव में पूरा बिहार डूबा है। जहाँ कल तक लोग बाढ़ के पानी में डूबे थे वहाँ भी लोग लोकतंत्र के महापर्व की तैयारी में जुटे सरकार, शासन, और जनप्रतिनिधियों को देख रहे हैं। नेता के साथ-साथ उनके चमचों की भी खूब फजीहत हो रही है। और हो भी क्यों न? यही तो लोकतांत्रिक मर्यादा की पारम्परिक ढाँचागत खूबसूरती को बढ़ाता है। सत्तासीन और विपक्ष दोनों का समान रूप से बीते पाँच साल के कार्यकलाप का लेखा-जोखा तो जनता लेगी ही, और लेना वाजिब भी है क्योंकि साहेब लोग फिर पाँच साल बाद ही अपना दुर्लभ दर्शन देंगे।

इस बार जनता का मूड ठीक नहीं है। लोग पहले से ही कोरोना, लॉकडाउन, बाढ़, भुखमरी, बेरोजगारी, पलायन से त्रस्त हैं। बाहर से लौटे मजदूर फिर से देश के विभिन्न राज्यों में लौटने को विवश हैं। दशहरा, दीवाली, छठ जैसे बड़े पर्व उल्लासपूर्ण तरीके से गाँव-घर लौटकर मनाने के लिए जो लोग दो महीने पहले ट्रेन का रिजर्वेशन करवाते थे, कोरोना के चलते भारी संख्या में पलायन कर चुके हैं, और यह अन्तहीन सिलसिला बदस्तूर जारी है। इनके दर्द को पढ़ने की हिम्मत अब किसी में नहीं है, और न ही इनके इस हाल के जवाब की जिम्मेदारी किसी नुमाइन्दे के पास है।

आखिर ऐसी क्या परिस्थिति बनी कि हम सम्बन्धित पंचायतों में उनके लिए काम का सृजन तक नहीं करा सके? हजारों मील पैदल चलकर जो लोग मरते-खपते अपने-अपने आशियाने में लौटे थे, अपने बूढ़े माँ-बाप समेत पत्नी-बच्चों की खुशी के लिए, अब उनकी जिन्दगी से खुशी सदा के लिए विदा हो चुकी है। गरीबी, बेरोजगारी, पलायन, भूख-प्यास और मौत ने उनकी जिन्दगी का अमन-चैन सब छीन लिया है।

आज मेरी मुलाकात ऐसे जत्थे से हुई जिनसे बात करते समय मेरी आँखें भर आईं, शायद इसी को मानवीय संवेदना कहा जाता है। अररिया-फारबिसगंज फोरलेन के बगल में दिल्ली, राजस्थान, हरियाणा रोडवेज की बड़ी-बड़ी बसें लगी हैं और ये रोज लगती हैं, मालवाहक वाहन की तरह और इनमें भर-भरकर गरीब मजदूर अपने-अपने कामगारों (ठीकेदार) के साथ चेहरे पर उदासी और दर्द लिये विदा ले रहे हैं। फटी-पुरानी साड़ी में सूनी आँखों से उनकी पत्नियाँ कुपोषण के शिकार बच्चे को सीने से चिपकाए उनसे कह रही हैं—अंहा चिन्ता नै करब, पोटरी में रोटी-तरकारी देल छी से ओकरा रात में खाय लेब, तरकारी बचाय के राखब; मुरही, भूँजा, नून, मरचैय, देल छी, पियाज नैंय दे सकलों, बड़ महँगा छैय, से वेहे सब से काम चला लेब; और एकटा बात—झोरा ठीक से सँभार के राखब ओकरे में बट्टु में पाँच सौ के लोट...!

मैं बड़ी हिम्मत करने के बाद एक आदमी से पूछता हूँ, "आप लोग कहाँ जा रहे हैं?"

"साहेब, हम लोग पंजाब मंडी जा रहे हैं। लॉकडाउन में किसी तरह बचकर घर आए थे लेकिन यहाँ भी कोई काम-धाम नहीं मिला।"

मैंने उनसे कहा कि "अभी कोरोना का संक्रमण चल रहा है और आप लोग इस तरह एक स्लीपर में तीन से चार आदमी बैठे हैं, डर नहीं लगता?"

तभी नीचे खड़ा एक नौजवान बोल पड़ता है, "भाईसाहब हम सबका

सबसे बड़ा कोरोना तो ई पेट है। काम-धाम नहीं करेंगे तो वैसे भी भूखों मर जाएँगे। कहाँ से बूढ़े माँ-बाप और बीवी-बच्चों का पेट भरेंगे? गाँव के साहूकारों का दस टकिया ब्याज अलग से...आप ही बताइए हम लोग क्या करें? मुखिया के पास जाते हैं तो बोलता है कामे नहीं है। गाँव-घर में रोजगार का कोई साधन होता तो हम यहीं रह जाते, सोचकर तो यही आए थे।"

मैंने उनसे फिर कहा कि अभी चुनाव का समय है आप लोगों को वोट डालकर जाना चाहिए। तभी पीछे से भीड़ को चीरते हुआ एक सज्जन आए और मुझसे कहा, "आपकी बकवास बहुत देर से सुन रहा हूँ।"

मैंने उनसे विनम्रतापूर्वक उनका नाम पूछा तो वे बोले, "नाम लेकर क्या अचार डालिएगा, वैसे मुस्तफा नाम है मेरा, और इस बस के साथ आगे अलग-अलग जगहों पर सात-आठ बसें और हैं। सभी जात के लोग हैं हमारे साथ, लेकिन सही मायने में पूछिए तो मजदूरों की कोई जात नहीं होती है। भोट-भाट डाल के आज तक क्या मिला है? सब दिन तो बाहरे में मजदूरी करना पड़ता है। मुफ्त के राशन से हमारा भविष्य थोड़े न बदल जाएगा। पहले फसल डूबा, फिर घर-बार सब चौपट हो गया। जो पैसा देता है उसको मुखिया तीन-तीन इंदिरा आवास दिलवाता है और हम लोग लाचार हैं तो बोलता है कि तुम्हारा पैसा तो उठ चुका है। आप ही बोलिए एतना बड़का अनर्थ...? बोलता है दूसरा घर देंगे तो आधा पैसा देना होगा। बलौक जाकर बीडीओ को बोले तो बोला कि जाइए मुखिया जी से मिलिए...मिलिए का मतलब तो मिलने के बाद पता चला।"

मैंने मोबाइल का हेडफोन कान में डाले एक युवक से नाम पूछा तो उसने अपना नाम अजय राज बताया। मैंने कहा कि चुनाव के समय काहे जा रहे हैं तो बोला—वह गुडगाँव में एक प्राइवेट कम्पनी में एचआर का

काम करता है और मालिक ने अर्जेंट आने को कहा है, एक माह की सैलरी भी भिजवा दी है। चुनाव, नेता के चक्कर में हमें नहीं पड़ना। ये लोग हमारे वोट से जीतकर अपना पेट भरते हैं। और बाई द वे होता भी तो नोटा का बटन दबाता।

दो बसें भर चुकी हैं और अब निकलने को तैयार हैं। ड्राइवर एक्सीलेटर झाड़ रहा है। मैं बस के साइलेंसर से निकलते काले गाढ़े धुएँ से बनती आकृति को देखने लग जाता हूँ। उन पत्नियों और बूढ़े माँ-बाप का छाती पीट क्रन्दन सुनने के बाद मेरी मन:स्थिति थोड़ी अजीब-सी हो जाती है। सोचता हूँ कौन है इन सबकी और इस बदहाली का जिम्मेदार? घर-बार, बीवी-बच्चे, माँ-बाप को छोड़कर बाहर पलायन करने का कारण क्या है? विकास के मायने इनके लिए कहाँ और क्यों गुम हो जाते हैं? गरीबों के उत्थान के लिए आई कल्याणकारी योजनाएँ, बड़े-बड़े वादों के साथ वोट बटोरने के बाद धरातल पर कराह कर दम क्यों तोड़ देती हैं? खैर, जो भी हो जनप्रतिनिधियों के नकारात्मक रवैये को हम तो हरगिज नहीं नकार सकते हैं। 'हर घर नल का जल' की तरह 'हर घर सबसे पहले रोजगार' की आवश्यकता सर्वोपरि है। हर कदम पर दलाल और बिचौलिए शिकार की तलाश में लगे रहते हैं। आम लोगों से अधिकारी सीधे मुँह बात तक करना अपना अपमान समझते हैं। शिकायत करने पर उलटा गरीबों को डरा-धमका दिया जाता है। ऐसे में लोग सोचते हैं कि कौन आफत मोल ले?

ऐसे लोग मरे हुए सपनों की अर्थी के साथ जीने को मजबूर हैं। इन्हें तो सिर्फ परिवार की दो जून की रोटी के लिए जीना है।